LEONARD J. MONK

SOAP

Koi Press

Soap
Leonard J. Monk

© Koi Press
Koi Press è un marchio editoriale di Openmind Srls
Via Volta 72, 20013 - Magenta (MI)
www.koipress.it

ISBN 9788898313969
Progetto grafico: Koi Press

A Madame Wong, per le parole e i fatti,
a Jason, Izzy, Lucio, Gautam e Mario, amici fraterni,
a Bilkis, per l'ospitalità e i consigli.

*Mi tolsi i pantaloni e la camicia. Li
appallottolai in un fagotto e li scagliai
dall'altra parte della stanza, contro quel
Beethoven del cazzo. Poi mi rimisi a sedere,
in mutande e maglietta bianche, troppo
vigliacco per combattere per la mia storia.
Troppo vigliacco anche solo per provarci.
Non mi accorsi che era entrata mia madre.*

DAVID PEACE

*La vita è più reale e insopportabile alla
sera, per fortuna le telenovelas che vanno
in onda in questa fascia oraria sono le
migliori.*

EFRAIM MEDINA REYES

1

L'uomo camminava lungo Liverpool Street, verso le vie affollate della City del fine turno. Era uguale a tutti gli altri pedoni: giacca ordinata, pantaloni di flanella, pesanti, troppo pesanti per quella stagione, scarpe nere lucidissime, a testa scoperta, zavorrato da una valigetta argentata fuori misura.

Sudava. Aveva fretta.

Sorpassò due ragazze che uscivano da un ufficio, si fece largo tra un gruppo di uomini fermi davanti a un pub a bere birra. Arrivò a un incrocio.

La luna scivolava inosservata nel cielo luminoso, inquieto. Il giorno era gravido, pronto a scoppiare.

Il semaforo diventò verde e mentre lui si apprestava ad attraversare arrivò il tuono, seguito da grosse gocce di pioggia. Un rimprovero, un castigo per tutti i lavoratori della City ancora a zonzo.

L'uomo accelerò il passo e la vide. La Ford Ikon rossa era lì ad aspettarlo. Sul lunotto posteriore l'adesivo, inequivocabile, con la dicitura TFL, Transport of London, e sulle fiancate il numero di telefono della compagnia privata di minicab.

L'uomo aprì la portiera posteriore, entrò nell'abitacolo, si sporse verso l'autista e gli disse qualcosa.

Questi annuì in silenzio, girò la chiave e accese il motore. La macchina partì in direzione sud.

Agli ultimi piani dei palazzi che toccavano il cielo, le luci degli uffici si accendevano una dopo l'altra, e in quel labirinto di vetro dagli stretti pertugi si intravedevano le ombre di quelli che ancora non avevano abbandonato il posto di lavoro.

Dalla stazione della metropolitana di Monument la macchina scese verso Old Billingsgate, costeggiando un frammento della strada romana che portava al fiume.

Il traffico aveva raggiunto un punto morto. La Ford Ikon si immobilizzò dietro un autobus sul ponte dalla ringhiera di mattoni rossi, triste reliquia di tempi passati.

L'uomo si strofinò gli occhi, sbadigliando, e tamburellò con le dita sulla superficie della sua valigetta argentata. Era stanco, molto stanco.

La colonna di automezzi si rimise in moto. In lontananza la vecchia zona portuale, ormai in disuso, dove i depositi, riconvertiti in appartamenti di lusso, si specchiavano nelle acque del Tamigi.

Dei giovani in giacca e cravatta, al riparo di ombrelli pieghevoli, attraversarono la strada e scomparvero dietro un distributore di benzina, probabilmente in cerca di un pub decente dove affogare le quotidiane frustrazioni lavorative.

Il minicab avanzò verso l'asse sud-est della città. Le strade erano affollate di autobus e di macchine. Clacson impazzivano da tutte le parti.

Il temporale improvviso aveva fatto scendere un'oscurità anomala. Sui marciapiedi il bagliore intermittente, bianco e nero, delle insegne dei negozi nella precoce notte di inchiostro.

Il cielo e il fiume ormai si fondevano in una indefinibile tinta blu scuro. I palazzi popolari facevano l'occhiolino, nascosti nella brughiera, al traffico costante. Tutto era visibile e niente era rivelato.

Le luci di Londra si accendevano. Pubblicità sulle facciate dei palazzi di vetro. Vecchie case vittoriane. Ogni cosa era in movimento.

Costeggiarono Greenwich Park procedendo verso l'imbocco della A2.

L'uomo sbadigliò di nuovo, si appoggiò comodamente al seggiolino, aprì la sua valigetta e si mise a esaminare dei documenti con il solo ausilio della luce filtrata dall'esterno.

Frequenze marziane, voci gorgoglianti, incomprensibili *bip* si intervallano alla radio della macchina.

L'uomo sospirò, richiuse la valigetta e si mise a contemplare i marciapiedi. Donne in tacchi alti sotto la banchina di una fermata dell'autobus. Neri in tuta da ginnastica fermi sulla porta di una rosticceria. Una lavanderia a gettoni. Tenui luci al neon. Una flebile cortina di pioggia ondeggiava davanti alle vetrate dei negozi.

Oltre l'intelaiatura di un autobus, mani di

bambini, il riflesso di capelli biondi. Come guardare in uno specchio appannato, in maniera confusa.

La Ford Ikon sfrecciò lungo la M25. Macchie strappate di vegetazione, alberi nutriti a gasolio. Case di campagna, manicomi, cliniche di disintossicazione. Una piscina abbandonata. Nudi di gesso appoggiati a un'alta siepe quadrata. Rare insegne pubblicitarie.

Smise di piovere, improvvisamente, mentre si avvicinavano all'aeroporto di Gatwick.

Il minicab parcheggiò davanti nel posteggio del Terminal Nord.

L'uomo estrasse il portafogli dalla tasca interna della giacca, ne sfilò diverse banconote e le allungò all'autista, poi uscì dalla macchina e a passo rapido si incamminò verso le porte a vetri. L'autista lo vide scomparire in una selva di corpi e valigie, inghiottito nella folla in partenza.

Appena fu solo cercò una frequenza accettabile sulla radio. Trovò, dopo qualche minuto, un'esecuzione del *Concerto in re minore per pianoforte e orchestra* di Johannes Brahms e, anche se non era la sua preferita, rimase ad ascoltarla guardando le automobili parcheggiate. Il piazzale degli arrivi era brulicante di persone che sciupavano lacrime nel salutarsi.

Un velivolo della British Airways si alzò in volo e scomparve nel cielo buio.

L'autista si contemplò le grosse sopracciglia nello specchietto retrovisore, e quello che questi gli restituiva non gli piaceva affatto. Il suo aspetto era quello di un sadico, di un essere umano troppo cerebrale, freddo. Si sentiva un imbroglione.

Prese il thermos che teneva incastrato vicino al bracciolo. Lo aprì e lo portò alla bocca. Bevette una sorsata di tè tiepido guardando, con occhi assenti, la piccola icona di Santa Cecilia con un organo portativo tra le mani, incollata sul cruscotto.

Lo stridio dei freni di un Boeing sovrastò per qualche secondo la musica di Brahms. Rulli lenti, acuti e penetranti, nascosti dalla massa del Terminal Nord.

L'autista depose il thermos, accese il motore e partì in direzione della città. Aveva bisogno di riposo. Aveva bisogno di qualche ora di intimità.

Fanali posteriori sfrecciavano nella corsia, davanti alla Ford Ikon, sull'asfalto brillante.

Ciminiere giganti costeggiavano la strada. Sentinelle industriali in quel tardo tramonto, che dopo essere stato coperto da una patina blu scuro stava tornando rosso. Rimasugli del giorno, brace di sole, pronta per essere annegata nella notte.

Il minicab avanzava in direzione nord, fumo arancione si levava in cielo, in parte nascosto da un enorme cartello pubblicitario della Marlboro. Le nuvole grigie erano aggredite da sforbiciate rosa confetto. Era uno strano tramonto. E, presto, il buio definitivo della notte avrebbe cancellato l'intera tavolozza.

Le ruote entrarono in una pozzanghera e schizzarono acqua fangosa ai lati della Ford Ikon che procedeva, strada dopo strada.

Sottili alberi fiancheggiavano, ora, i pali della luce, avvolti da nebbiolina leggera. Vie residenziali, periferiche. Spazzatura appollaiata sotto le finestre. Un tipo accese un fiammifero e una pipa prese a fumare copiosamente. Omosessuali afro con il rossetto erano in cerca di un taxi, fermi sul ciglio del marciapiede. Polvere nera si alzava dal selciato. Riflessi rossi, crepitanti, lambivano le facciate dei palazzi. Insegne di take away indiani luccicanti d'azzurro, roulotte accampate nel parcheggio vicino al bosco, dietro il Gurdwara Sri Guru Singh Sabha, il tempio Sikh più grande d'Europa. Di fronte, una chiesetta con una croce d'acciaio sul tetto che vibrava scossa dalla brezza.

La Ford Ikon si fermò davanti a una schiera di case popolari a due piani.

L'autista scese, chiuse a chiave e verificò, diligentemente, che fosse scattata la sicura. Poi si incamminò lungo la via.

La luce dei lampioni ingigantiva, sul marciapiede, la sua voluminosa ombra.

Nell'aria c'era un forte odore di curry.

2

Superò le vetrine dei ristoranti indiani, l'autolavaggio e la sede della compagnia dei minicab, senza guardare all'interno. I colori vivaci delle insegne venivano riflessi sulla superficie delle pozzanghere.

Per la strada pochi passanti, per lo più giovani somali, afgani e indiani, le tre etnie maggioritarie del quartiere, fermi contro le fiancate di macchine sportive, a chiacchierare rumorosamente ascoltando le voci di cantanti di *gangsta rap* che uscivano dalle casse delle autoradio.

Passò davanti alla serranda abbassata di una sartoria, estrasse le chiavi dalla tasca e si avvicinò alla porta lì a fianco. Un forte odore di urina, proveniente dal basso, gli fece strizzare gli occhi.

Aprì l'uscio. Uno stretto, scuro e angusto

corridoio. Sul pavimento moquette verde chiaro. Le pareti, ricoperte di carta da parati beige dai disegni geometrici bianchi.

Si sfilò la giacca e la appese all'attaccapanni. Percorse il lungo antro. Mobili vecchi, lucidati, comodini sui quali facevano bella vista centrini ricamati e fotografie sbiadite, in bianco e nero, di vedute panoramiche di Roma.

Tagliò per il salotto, riempito con un ingombrante divano di pelle, un televisore, lo sgabello su cui riposava i piedi pesanti e gonfi, quando era in pausa e, alle pareti, ancora fotografie di Roma e delle sue bellezze architettoniche e riproduzioni da due soldi di quadri risorgimentali. Le assi del pavimento erano segnate là dove c'erano stati i piedi del pianoforte che per anni, con determinazione e fatica, aveva suonato, rivenduto alla morte del padre. Il legno più scuro dove il voluminoso strumento lo aveva schermato dalla luce.

Entrò in cucina. Il forte aroma del sugo si mischiava all'intenso odore della candeggina. I pavimenti erano immacolati.

I vecchi fornelli elettrici erano bianchi e lucenti. Le finestre erano pulite. Il tavolo era sgombro, tranne un angolo apparecchiato con una piccola tovaglia a fiori rossi, un piatto piano di ceramica, uno spesso bicchiere trasparente e le posate, allineate. Il tavolo, il frigorifero e i piani da lavoro erano pulitissimi. Vasetti di piante e penne, enormi contenitori di alluminio, libri di cucina, barattoli da cui spuntavano spaghetti, teiere di dimensioni diverse, vasetti di marmellata vuoti, guanti da forno, strofinacci e flaconi di disinfettante. La pattumiera era chiusa. Accanto a essa erano appoggiate due bottiglie piene d'acqua.

Dalla strada arrivava la voce sommessa di due persone che parlavano in una lingua sconosciuta.

– Ben tornato a casa, Nello. – Una donna sui sessantacinque anni, con le guance rosse e una massa di ricci grigi che teneva appollaiati in cima alla testa, gli sorrise dolcemente.

– Ciao mamma.

La donna si scostò dal lavello dove era appoggiata asciugandosi le mani in uno strofinaccio che poi ripose su un ripiano, vicino a vasi di conserva. Indossava una gonna lunga fino alle caviglie, un cardigan grigio che si strinse addosso e un paio di ciabatte consunte. Aveva un seno grosso. Muoveva gli occhi di continuo.

Si avvicinò a Nello e gli strinse delicata-
mente una spalla:

– Siediti, è pronto.

Lui ubbidì.

– Cosa preferisci mangiare?

Una scrollata di spalle, gli occhi fissi sulla
vecchia televisione, con il tubo catodico, accesa, in bella mostra, sulla madia.

– Puoi scegliere tra polpettone di maiale e
spezzatino di manzo con le patate.

– Lo spezzatino. – Nello, con il telecoman-
do in pugno, scorse i canali fino a quando non
comparve sullo schermo la sigla di una telenovela. Immagini di piantagioni di cacao.
Primi piani di attrici dagli occhi profondi e i
capelli neri. Uomini dallo sguardo aggressivo
con cappelli di paglia in testa. Una musica
strumentale dalle chiare sonorità latine.

La donna prese un tegame appoggiato sopra i fornelli. Estrasse un mestolo dal porta
posate e riempì il piatto di Nello di un denso
sugo rosso da dove emergevano pezzi di carne
e patate.

Gli appoggiò di fianco due fette di pane.

Nello iniziò a mangiare con i gomiti sul tavolo, tenendo la testa appoggiata su una mano. Guardò di sfuggita il crocifisso d'oro che sua madre portava al collo, la minuscola immagine di sofferenza che vi era incisa lo rapì per qualche istante, poi tornò a concentrare la propria attenzione sullo schermo del televisore. Era rimasto che José, figlio illegittimo di Massimiliano, il proprietario della *fazenda*, era fuggito con Nanà, sebbene questa fosse malata e incinta, e nonostante avesse promesso al padre di ucciderla dopo che questi aveva saputo che il figlio che aspettava non era suo.

La madre di Nello si sedette di fianco a lui, appoggiò due pomodori sul tagliere e li affettò.

– Ti preparo anche l'insalata – disse, mettendo gli ortaggi tagliati in una ciotola piena di foglie di spinaci e lattuga.

Nello continuava a masticare, assorto dalla telenovela. Massimiliano, disperato per la fuga di Nanà, si stava ubriacando guardando la luna.

Le voci dalla strada erano cessate. Nella cucina risuonavano solo i mormorii etilici del latifondista in televisione.

Nello ripulì il piatto con le fette di pane.

Sua madre gli mise davanti la ciotola di insalata. Lo guardò mangiarla, gli occhi che non riuscivano a stare fermi:

– Vuoi ancora spezzatino?

Nello fece cenno di no con la mano, ma lei si alzò, riprese il tegame che aveva lasciato sul fuoco spento e gli mise nel piatto un'altra porzione, meno abbondante della prima:

– Mangialo, dopo l'insalata. Hai bisogno di nutrirti, starai in piedi fino a tardi.

Lui schiacciò tra i denti le foglie croccanti degli spinaci e della lattuga. Nanà e José erano abbracciati, nascosti in una capanna umida nel cuore arido del Grande Sertão. Nanà sudava e aveva i brividi, la sua pancia gravida la costringeva a una scomoda posizione semi-sdraiata.

Nello mise di lato la ciotola, prese il piatto e triturò velocemente la seconda razione di spezzatino. Ipnotizzato dai tormenti di Nanà e dalla vendetta di Massimiliano, il *facendero* di origine italiana, proprio come lui, la differenza era che Nello non possedeva terre e schiavi e che viveva nella periferia di Londra, in un quartiere che lo vedeva giorno dopo giorno sempre più estraneo e marginale. Sua madre diceva che era colpa della nuova ondata migratoria, ma erano anni che i pochi italiani di Southall sopravvivevano relegati ai confini della sempre più grande comunità indiana.

Iniziarono i titoli di coda. Nello si trovò davanti una tazzina di caffè. Bevette la bevanda calda, già zuccherata precedentemente nella macchinetta.

Sua madre si strinse addosso il cardigan e si incamminò verso la porta che dava in salotto. Si lasciò dietro un profumo di lavanda. Lui la guardò dondolare i fianchi pesanti. Gli venne in mente il grosso tamburo di una banda musicale, legato al petto e con i bastoni imbottiti per batterci sopra a ritmo.

Lasciò la tavola apparecchiata, sapeva che ci avrebbe pensato lei, più tardi. Salì le scale ed entrò nella sua stanza. Un letto singolo, rivolto sul retro dell'abitazione, due poster raffiguranti Ferrari d'annata, qualche fumetto della Marvel impilato sul comodino, la sua collezione di dischi di musica classica sistemati ordinatamente in una scansia vicino alla finestra. Si spogliò, rimanendo in canottiera e mutande. Prese i calzini e la maglietta pulita da un cassetto rivestito con una carta a fiori che odorava di lavanda.

Andò in bagno. Una vasca color seppia, la carta da parati rosa pallido. Intorno ai rubinetti c'erano segni di muffa endemica e il pavimento era ricoperto di un morbido tappeto bianco.

Tirò su il copri tazza del water si abbassò le mutande e pisciò. Un lungo getto.

Poi strappò un velo di carta igienica e pulì, per precauzione, la superficie in ceramica. Tirò l'acqua e andò a lavarsi le mani, contemplandosi allo specchio. Si fissava il viso, i capelli corti e scuri, gli occhi castani, il mento squadrato.

Su una mensola, di fianco allo specchio, c'era una piccola coccinella di porcellana. Aveva un'aria vecchia e dozzinale, ed era dipinta in colori spenti che richiamavano il giallo e il rosa della stanza.

Nello si asciugò le mani su un asciugamano immacolato. Prese il rasoio appoggiato di fianco alla coccinella. Si rasò a secco. Di solito a quell'ora andava di fretta e non poteva concedersi il lusso della schiuma da barba.

Quando ebbe finito si levò la canottiera, si appoggiò con le mani sul bordo del lavandino e si contemplò, di nuovo, il riflesso allo specchio. Notò il profilo del muscolo sul braccio e, trattenendo il fiato e restando in tensione, fece affiorare anche i muscoli dell'addome. Non aveva peli sul petto, a parte un paio intorno allo sterno, e un lieve triangolo di peluria sotto l'ombelico, ma la pelle del suo stomaco era flaccida, grassa e pallida. Eccolo lì, un uomo che dimostrava tutti i suoi trentasette anni. Un uomo che avrebbe avuto bisogno di più movimento fisico.

Si passò una mano sulla mascella liscia. La rasatura lo aveva rilassato, ma nella mente si agitavano decine di pensieri. Si fissò di nuovo il viso. Si sporse in avanti, studiandosi gli occhi castani. Fece un respiro profondo e si infilò le calze e la maglietta pulita.

In camera prese dall'armadio dei pantaloni inamidati, classici, blu scuro e un morbido maglioncino grigio fatto in casa.

Il cellulare, lasciato sul comodino, vibrò.

Sul display c'era l'avviso della ricezione di un SMS. Nello spinse un tasto e lesse il messaggio: "Ore 22.00. Solito posto. Residence Mayfair. Grazie".

Si infilò le scarpe e scese le scale.

In cucina sua madre stava lavando i piatti e gli dava le spalle.

Sul tavolo, sparecchiato, una busta gialla, chiusa.

Nello la studiò per qualche secondo, poi fece due passi avanti e la afferrò.

Senza dire nulla uscì dalla stanza, percorse il corridoio, sganciò la giacca dall'attaccapanni, infilò nella tasca interna la busta, aprì la porta e si ritrovò nella strada buia e silenziosa.

3

Salì sulla Ford Ikon dopo aver gettato la giacca sui sedili posteriori, accese la radio e trovò una frequenza buona: *Burlesca per pianoforte* di Richard Strauss.

Costeggiò il tempio Sikh e la piccola chiesa, svoltò in una via secondaria e guidò fino a un distributore di benzina self service aperto ventiquattr'ore su ventiquattro.

Scese dall'abitacolo, infilò una banconota nel distributore e sganciò la pompa.

Nell'aria un odore pungente, l'umidità stillante dei giorni piovosi.

Di fronte al distributore c'era una casa abbandonata con le finestre sigillate con la vernice e scale esterne ridotte a una filigrana letale di ruggine e metallo. A fianco di questa un take away libanese. Cartelli raffiguranti *falafel, hummus,* e *shawarma*. Un barbone spintonava per farsi largo in mezzo ai clienti.

Sul marciapiede un giovane sikh vestito elegantemente conversava con quattro ragazze. Difficile capire se anche loro erano indiane sotto tutto quel trucco e i gioielli scintillanti. Portavano tacchi a spillo, una aveva un mini abito con scollo sulla schiena, un'altra fingeva continuamente di giocherellare con la tracolla della borsetta per far smettere alla spallina del reggiseno di saltare fuori.

Nello chiuse il tappo del serbatoio, ripose la pompa nell'aggancio e risalì sulla Ford.

Mentre si immetteva in strada gli passò davanti un uomo truccato, dalla pelle abbronzata, con indosso una canottiera fucsia e dei pantaloni che avevano spacchi fino alle cosce. Il travestito gli mandò un bacio volante e proseguì per il suo cammino.

La macchina procedette verso ovest. Il traffico era costante.

Abbassò il finestrino. Un impalpabile odore di incenso si sovrappose a quello di pollo fritto, frutta decomposta e urina.

Tra il piano terra e il basamento di un *estate* si intravvedeva l'imbocco di una rampa di scale in discesa. Nello sapeva che lì vi era la sede di un centro islamico della zona. L'afflusso all'entrata era notevole, per lo più erano gruppetti, omogenei per abbigliamento e colore della pelle. Riconobbe molti bengalesi e somali. Accanto all'entrata del centro islamico c'era il portone di un'associazione di donne musulmane in cui si riconoscevano, dietro la vetrata opaca, donne e ragazze con lo *hijab*.

Sui marciapiedi decine di esseri umani che camminavano. Uomini d'affari, nei loro abiti interi, ingollavano alcolici. Due ragazze in leggings e stivali se ne stavano sopra una passerella arrugginita vicino all'entrata di un club con lattine di Budweiser e canne in mano.

Un uomo dai lineamenti somali, o forse eritrei, risucchiò uno scaracchio sugoso di catarro e lo sputò a terra. Aveva la pelle così abbronzata che sembrava cuoio seccato al sole.

Nello guidava e quando i semafori scattavano sul rosso osservava. Facce. Facce bianche, incipriate. Facce sciupate. Facce mascherate per la notte. Facce scavate.

E capelli. Lunghi. Cotonati. Ramati. Capelli da istrice, rasati o stirati. Spettinati.

Centri scommesse. Un supermercato Tesco. Un ristorante cinese. Un pub dal gusto imperiale.

Un camion avanzava lentamente nella corsia opposta. Gli hotel mostravano insegne scintillanti, neon lampeggiavano dentro ai fast food. Monitor giganti sulle facciate dei palazzi ficcavano messaggi subliminali in migliaia di occhi innocenti, pronti a farsi ammaliare dall'elisir della pubblicità.

Una città che pulsava e urlava. Mai una sosta, una tregua. Un formicolio incessante di persone e macchine in cui la vita appariva sempre più insormontabile. Negli ingorghi, agli incroci o lungo le strade che fluivano verso il centro della metropoli Nello osservava ogni faccia, ogni volto, ogni corpo. Ognuno di loro aveva una sua storia personale e, se interpellato, avrebbe avuto un modo diverso di raccontarla. Ognuno aveva un motivo per spingersi ad attraversare da un capo all'altro quel caos di palazzi, vie, piazze e parchi.

All'autoradio le frequenze iniziarono a trillare. Si schiantarono una sull'altra. Negli altoparlanti esplose un'interferenza notturna sulle note conclusive della *Burlesca per pianoforte.* Nello spense la radio.

Alla Hogarth Roundabout prese la seconda uscita e proseguì su Great West Road. Tagliò tutta Hammersmith per poi usare la corsia di destra, svoltare su Earls Court Road e immettersi nella tranquilla e altolocata Gilston Road, nel cuore della Chelsea più benestante.

Spense il motore di fronte al numero 72. Una palazzina bianca dal sapore squisitamente vittoriano, circondata da alberi maestosi e da piante rampicanti sul cancello di ferro battuto.

Era in anticipo di dieci minuti. Si lasciò distrarre da un signore che portava a passeggio un piccolo e vivace segugio a pelo ruvido. Lo osservò fino a quando non scomparve oltre il giardino ovale di The Boltons, accarezzando il volante di pelle logoro. Si chiese quale poteva essere la sensazione di avere un animale da custodire quotidianamente e portare a spasso tutti i giorni, in orari prestabiliti. Probabilmente era come una specie di lavoro non retribuito, ma che dava l'appagante sensazione di essere utile. Di fare del bene. Lui non ci sarebbe mai riuscito, non con un cane, almeno. Paurosi ricordi d'infanzia gli affiorarono in testa.

La portiera di sinistra, di fianco a lui, si aprì, facendolo destare dai suoi pensieri.

Un'elegante figura femminile prese posto sul sedile. Il suo intenso profumo marino si diffuse nell'abitacolo.

– Ciao Nello. – Aveva i lineamenti marcati. I capelli neri a caschetto, un vivido rossetto vermiglio sulle labbra carnose.

– Ciao.

– Dovresti portarmi a The Bloomsbury.

– Va bene.

– Non lo usi mai il navigatore satellitare?

– No.

– Sai dov'è di preciso The Bloomsbury?

– Sì, vicino alla stazione della metropolitana di Tottenham Court Road. – Nello girò la chiave e mise in moto. Respirò a pieni polmoni quella fragranza marina che emanava il corpo della presenza al suo fianco. Con la coda dell'occhio vide che stava mandando messaggi al cellulare.

Si chiese se le sarebbe piaciuto ascoltare della musica classica, ma decise di non disturbarla.

Cromwell Road era particolarmente trafficata e prima di giungere al Victoria and Albert Museum, Nello svoltò a sinistra per Queen's Gate. Costeggiarono Hyde Park e avanzarono lentamente, incolonnati dietro a una fila di autobus, per Piccadilly. Davanti all'Hard Rock Cafe dei turisti giapponesi si stavano facendo una sequenza apparentemente interminabile di selfie. Sorridevano felici.

Quando giunsero all'affollatissimo incrocio su Piccadilly Circus, Nello non poté fare a meno di contemplare, come faceva tutte le volte che passava di lì, i display luminosi e le gigantesche insegne al neon posizionate sulla facciata circolare dell'edificio all'angolo tra Regent Street e Shaftesbury Avenue, domandandosi cosa nascondevano. Quello era il luogo che, nell'immaginario collettivo, significava Londra, ma per lui era solo una superficie, una maschera che nessuno avrebbe mai levato. Coca-Cola. TDK. Hyundai, Samsung. Luci che si accendevano e si spegnevano all'infinito sopra le migliaia di teste dei passanti.

Al centro della rotonda la statua che rappresentava l'Angelo della Carità Cristiana invocava un muto gesto di riconoscenza. Nello pensò a sua madre, ma non ebbe il coraggio di farsi il segno della croce, non con quella presenza di fianco che emanava quell'intenso sapore di mare e di essenze squisitamente sensuali.

Si lasciarono alle spalle i turisti, le gallerie di divertimenti, i negozi e i locali alla moda diretti verso nord.

– Ti piace il teatro?

Nello sobbalzò:

– Come?

– Il teatro, ti piace? - Un dito davanti a lui, a indicare la lunga fila dei teatri di Shaftesbury.

– Non lo so, non ci sono mai andato.

Ora il traffico era più scorrevole e la Ford Ikon poté prendere velocità.

– È bello il tuo maglione – disse la passeggera. – L'ha fatto tua madre?

– Sì.

– È molto brava. – Un colpo di tosse, discreto. – Dovrei farle sistemare alcune gonne un giorno di questi.

– Volentieri. – Nello mise la freccia e costeggiò a qualche metro da un imponente ed elegante edificio georgiano ristrutturato.

Rimasero in silenzio per qualche istante.

– Grazie del passaggio.

Lui stava contemplando la facciata del palazzo.

– Bello, vero?

Nello annuì.

– E dovresti vederlo dentro. Le suite hanno bagni con finiture in marmo. C'è un ristorante chic con *boiserie* in quercia e terrazza, che serve cucina internazionale e un'elegante area *lounge* nella hall per il tè pomeridiano. – Si sistemò il caschetto dandosi lievi colpetti con le mani. – Davvero il massimo. – Aprì la borsetta, prese un grazioso portafogli di pelle chiara, ne estrasse una banconota e la allungò a Nello.

– Puoi darmeli anche più tardi.

– Ci tengo, prendili.

– Grazie. Per che ora ripasso?

– Per l'una, grazie. Ora devo andare, a dopo.

– Buona serata. – Nello la guardò scendere. La stretta gonna nera si sollevò nel movimento mostrandogli una generosa porzione di coscia, fino all'attaccatura dell'autoreggente. La osservò camminare, gambe slanciate su tacchi altissimi, verso l'ingresso della hall dell'albergo.

Quando fu entrata rimise in moto e guidò verso est. A casa non aveva riempito il thermos. Trovò un bar aperto dalle parti di Landbroke Grove.

Si trattava di una rimessa con tavoli con il ripiano dipinto. La stanza era quasi vuota, se si escludevano due caraibici seduti in un angolo che commentavano le notizie di un tabloid che uno dei due teneva aperto, in grembo. Nello osservò le stoviglie nel contenitore sopra il banco, davano l'impressione di un senso di unto nero al tocco.

Il cameriere, un ragazzo sui vent'anni, con mani e dita sottili, la faccia chiazzata di punti rossi e i capelli color sabbia, gli allungò un menù su carta bianca con macchie di sugo.

– Vorrei solo un tè, per favore.

Mentre il cameriere glielo preparava lui andò a osservare il traffico oltre la vetrina e ripensò alla prima volta che la passeggera dal profumo inebriante era salita sul suo minicab.

Era stato qualche settimana prima e da allora lo aveva contattato in diverse occasioni.

Tornava da una corsa a Bayswater, dove aveva accompagnato una coppia di studenti francesi al loro alloggio dopo una serata di stravizi in qualche club di Soho. Era quasi l'alba ed era molto stanco. Il cellulare aveva squillato. La voce strascicata di Ravi, l'onnipresente addetto al centralino. Gli aveva ordinato di recarsi al Kensington Hotel a recuperare un ultimo cliente da portare a Chelsea.

Pioveva, la solita pioggia fitta e insistente.

Davanti all'entrata dell'albergo di lusso un *concierge* in livrea, al riparo sotto la pensilina, gli aveva fatto un cenno con la mano. Lui aveva tenuto in funzione i tergicristalli e aveva atteso.

Poco dopo una donna in un elegante e aderente vestito da sera bordeaux era uscita e, al riparo di un ombrello che il *concierge* le teneva alto, sopra la testa, aveva fatto i pochi passi fino alla Ford, cercando di non mettere i piedi, fasciati in sandali aperti con il tacco alto, dentro alle pozzanghere. Era salita dietro. Solo dopo diversi viaggi insieme, quando si erano conosciuti un po' meglio, con naturalezza aveva iniziato a sedersi di fianco a Nello.

– Residence Mayfair. Gilston Road, 72. Chelsea.

– Va bene.

Nell'abitacolo si era espanso quel profumo marino che presto Nello imparò a riconoscere.

La pioggia cadeva ostinata. Le strade erano deserte. I palazzi occhieggiavano sotto le nuvole scure. Una macchina della polizia con i lampeggianti accesi era ferma a un incrocio. Nottambuli curvi sul bancone di

Voodoo Ray's mangiavano avidamente tranci di pizza.

Nello guidava in silenzio, osservando discretamente la donna attraverso lo specchietto retrovisore. Lei guardava le gocce scorrere lungo il finestrino:

– Mi piace il rumore della pioggia che batte, mi ricorda di quando ero bambino e restavo ad aspettare mio padre che tornava a casa dalla giornata in mare. Quel rumore di pioggia riempiva l'attesa facendola sembrare più corta... mi piaceva vivere lì, era così diverso da Londra, da questo sfavillio, da questa moltitudine di persone... c'eravamo mia madre, io e mio papà, quando non era fuori con il peschereccio... e pioveva... – Aveva scostato il volto dal finestrino, si era sistemata il caschetto e cercato gli occhi di Nello nello specchietto retrovisore. – Mi scusi, straparlavo. A volte sono insopportabile.

Lui si era limitato ad annuire impercettibilmente, a disagio, stringendo le mani sul volante.

Giunti a destinazione dita esili si erano sporte tra i seggiolini anteriori stringendo una banconota:

– Apprezzo i tassisti discreti che sanno ascoltare.

– Non c'è problema.

– Quello è il suo numero privato? – Il profumo marino più vicino alla guancia di Nello, quasi che lui avesse potuto sentire l'alito caldo della bocca che emetteva quei suoni. Aveva guardato il cruscotto, dove era segnato il suo cellulare, sotto l'icona religiosa:

– Sì, ma se vuole posso darle quello della ditta.

– No, se avrò bisogno vorrei contattarla privatamente. – Nello aveva sentito una penna che calcava su una superficie spessa, poi la cerniera della borsetta che si chiudeva.

– Chi è quella santa?

– Santa Cecilia.

– Cosa rappresenta?

– È la protettrice dei musicisti.

– Lei suona?

– No, mi piace la musica classica.

– Capisco. Domani potrei ancora avere bisogno di lei.

– Volentieri.

– Come si chiama?

– Nello.

– Piacere Nello, io sono Scarlett.

Si destò dai suoi pensieri. Il cameriere aveva appoggiato la teiera di ceramica e una tazza sul bancone. Nello si preparò un tè nero e lo ingollò, senza zucchero. Il liquido caldo gli diede un torpore benefico.

Pagò la consumazione e uscì.

Aveva ancora molto tempo prima di andare a riprendere Scarlett. Tempo che sapeva perfettamente come impiegare.

Si diresse verso la Ford Ikon.

4

Aprì la portiera posteriore, prese la giacca ed estrasse dalla tasca interna la busta gialla. La soppesò per un po', rigirandosela tra le dita, prima di aprirla. Una fotografia di un uomo di mezz'età, il naso pronunciato, gli occhi piccoli e ravvicinati, una massa curata di capelli ricci e scuri. Sul retro dell'istantanea un indirizzo di Brent Park vergato con un indelebile nero, e sotto tre barrette parallele e un numero: 3.

Nello si sedette al posto di guida, le mani sul volante. Una coppia di giovani innamorati, abbracciati stretti, stava salendo su un black cab. Il ragazzo teneva lo sportello aperto per permettere alla fidanzata di entrare nell'abitacolo. Ridevano, spensierati, probabilmente felici.

Diede una seconda occhiata alla fotografia. Era un mezzo busto. L'uomo indossava una giacca e una cravatta eleganti. Sembrava un broker, o qualcuno che lavorava in borsa. Doveva aver fregato o fatto perdere un sacco di soldi a qualche pezzo grosso a cui non era intelligente pestare i piedi, pensò Nello.

Girò la chiave e accese il motore. Guidò verso nord, in direzione di Queens' Park. Al cimitero di Kensal Green girò a sinistra e attraversò il cavalcavia di Harrow Road. Un treno si allontanava e lui poté scorgere le facce dei passeggeri ingrigite dal vetro sporco.

Macchine parcheggiate in ogni area sosta disponibile. Case tutte uguali. Luci tenui dietro le finestre. Un barbone dormiva su una panchina davanti a una rivendita chiusa di liquori.

Alla radio stavano trasmettendo *Chiaro di luna* di Beethoven. Nello inconsciamente pigiò le dita sul volante, come se si fosse trattato della tastiera di un pianoforte.

Dopo un breve tratto sull'arteria ad alta percorrenza che portava allo stadio di Wembley, entrò in un'altra zona residenziale. Nessuno in giro. Parcheggiò sotto un cartellone pubblicitario dell'Ikea.

Aprì il cruscotto e prese un cappellino nero con la visiera e un passamontagna, anch'esso nero, arrotolato intorno a un oggetto pesante.

Si mise il cappello in testa e camminò tenendo lo sguardo basso, la falda a coprirgli gli occhi.

Nell'aria di quel quartiere periferico, a ridosso dei grandi centri commerciali e dello stadio, persisteva, stagnante, un forte odore di smog. Le foglie degli alberi piantati davanti alle case non potevano fare molto contro gli effluvi del traffico continuo sulla vicina Circolare Nord.

Verificò l'indirizzo scritto dietro la fotografia alla luce di un lampione. Era quello di un appartamento ubicato al decimo piano di un anonimo e moderno palazzo all'angolo della via.

Aspettò vicino all'entrata e fu fortunato. Dopo cinque minuti di attesa un uomo uscì a passo svelto e lui sgusciò dentro prima che il battente si richiudesse, attento a non farsi inquadrare il viso dalle telecamere di sorveglianza posizionate sopra il portone. Si ritrovò in un ingresso sterile, bianco e impersonale. Sulla sinistra l'ascensore, sulla destra le scale. Mise il piede sul primo gradino e salì.

Dietro le porte voci, gemiti, notiziari TV, hit di successo. Odore di cucina, di disinfettante, di sigarette.

Arrivò all'appartamento che cercava con il fiato corto. Si appoggiò alla parete attendendo, pazientemente, di avere il battito cardiaco sotto controllo.

Le luci del corridoio, a fotocellula, si spensero in assenza di movimento.

Nello tirò fuori dalla tasca della giacca il passamontagna, lo srotolò e infilò il tirapugni che vi era custodito. Poi si infilò il passamontagna in testa e mise nella tasca il cappellino con la visiera.

Bussò alla porta in modo energico.

– Chi è? – chiese una voce maschile.

Nello rimase in silenzio.

La serratura scattò, la manopola stava per girarsi.

Nello anticipò il movimento spingendo di forza la

porta che, aprendosi, colpì in faccia l'occupante dell'appartamento.

Seduto a terra, intontito, questi stava cercando di capire cosa stesse succedendo.

Nello si richiuse la porta alle spalle.

5

Da lassù si vedevano i fanali delle macchine che percorrevano la Circolare Nord. Decine di occhi gialli e rossi, che si muovevano da destra a sinistra. Come lucciole allucinogene. Infuocate.

Nello si staccò dalla vetrata che dava sul balcone e fece una panoramica sull'ampio salone. Nella gigantesca TV al plasma si susseguivano video musicali di artisti hip-hop. Su un basso tavolino di cristallo una striscia di cocaina già pronta, una banconota arrotolata, una carta di credito e un portagioie d'argento aperto a mettere in mostra altra polvere bianca. Contro una parete un confortevole divano di pelle, sui muri foto sgranate in bianco e nero di architetture industriali. Non c'era altro. Niente anticamere piene di ninnoli, tavoli coperti di fruttiere, volantini della pizza a domicilio e biglietti da visita di compagnie di minicab. Era un appartamento asettico, sterile. La tana di un uomo appartenente a un'altra galassia, pensò Nello.

Camminò lungo un corridoio dove si affacciava una camera da letto vuota, tranne per un materasso *king-size* ricoperto da un lenzuolo fucsia e da un appendiabiti a vista pieno di giacche e pantaloni alla moda. Scarpe e mocassini erano allineati sotto la finestra.

Trovò il bagno. Le luci si accesero con un ronzio scocciato.

Mattonelle rosa shocking e pavimento di ceramica grigia. I sanitari erano in acciaio inox. Una Jacuzzi era colma di acqua fredda.

Nello aprì il rubinetto, si lavò via il sangue dalle mani e sciacquò il tirapugni. Non c'erano asciugamani in vista.

In un cassetto sotto il lavandino trovò la biancheria intima. Prese un paio di boxer neri e si asciugò le mani e il tirapugni.

Gettò i boxer nella Jacuzzi.

Aveva lasciato la porta aperta e nel riflesso dello specchio sopra la vasca intravide il corpo dell'uomo riverso a terra.

Nello fece un respiro profondo. Mise il tirapugni in tasca e uscì dal bagno.

In piedi, a gambe larghe, sopra la sua vittima, le scattò una foto con il cellulare. Digitò la parola "Fatto" e inviò il messaggio, corredato di fotografia, a un numero che aveva in rubrica.

Dopo qualche secondo uno squillo. Sul display comparve la risposta, ermetica, come sempre: "Ok. 3".

Nello ripensò a quando la cifra che leggeva negli SMS di riscontro era molto più alta. Il numero 185 era apparso tre giorni dopo il funerale di suo padre, quando Mister Nanak aveva bussato alla porta di casa sua.

Sia Nello che sua madre lo conoscevano molto bene, come chiunque nel quartiere. Possedeva un autolavaggio, Car Wash Singh, era proprietario della compagnia di minicab Speedy, per la quale lavorava il padre di Nello, e si diceva in giro che avesse affari in molte attività commerciali della zona. Era un personaggio potente, remissivo e umile solo in superficie.

Mister Nanak era vestito con abiti eleganti, ma al contempo dozzinali. Indossava una giacca nera di una taglia più grande e sotto una t-shirt blu scollata a V. I pantaloni neri non erano appaiati con la giacca, ma semplici calzoni che cadevano larghi e lasciavano intravvedere calze di cotone azzurre e scarpe nere, lucidissime, con i lacci sottili.

Era un uomo tarchiato, dalle spalle larghe e con il collo corto e grosso. Aveva la barba nera, tracciata con cura intorno al mento e alla bocca, a formare un triangolo arrotondato, e sul capo un turbante blu.

Muoveva il braccio sinistro in un leggero tic e il grosso braccialetto d'argento che portava sul polso sinistro danzava impercettibilmente. Sulla mano era tatuato il Khanda, il simbolo dei sikh: due scimitarre, un pugnale a due tagli e un disco.

Era un fatto raro che Mister Nanak uscisse dal gabbiotto del suo autolavaggio. La compagnia di minicab la faceva gestire da uno dei suoi luogotenenti, Ravi, uomo segaligno senza età capace di rimanere sveglio ventiquattro ore senza che il lavoro di smistamento macchine e corse ne risentisse, e per Southall si vedevano spesso girare giovani indiani con automobili sportive e vestiti alla moda, apparentemente dei perdigiorno, in realtà segugi di Mister Nanak nel controllare le persone che facevano affari con lui.

Aveva fatto le condoglianze in modo cerimoniale per la disgrazia inaspettata, aveva accettato l'invito a entrare e aveva seguito Nello e sua madre fino alla cucina, dove si era seduto al tavolo immacolato. Aveva detto qualche altra parola di circostanza sull'infarto che aveva spaccato il cuore del padrone di casa, morto sul colpo proprio lì, in quella stanza, tra il frigorifero e il lavello.

Nello era rimasto in piedi, vicino alla finestra, ancora stordito da quel cambio radicale nella propria vita: la decisione, non negoziabile, di sua madre di vendere il suo pianoforte, di lasciare immediatamente l'Accademia e cercarsi un lavoro, e quel silenzio malsano che plasmava ogni istante della quotidianità.

Sua madre si era seduta di fronte a Mister Nanak, le mani in grembo, gli occhi bassi. Lui aveva sorriso dolcemente, una maschera ben costruita: – Come lei sa, signora, volevo molto bene a suo marito. Non professava la mia stessa fede, ma i guru sikh affermano che per raggiungere la salvezza basta mantenersi onestamente e condurre una vita normale, senza cadere in tentazioni e dipendenze come l'alcol o il tabacco, e Franco, anche se cattolico, ha senza dubbio raggiunto questa salvezza ostentata dalle guide spirituali del mio credo. – Aveva fatto una pausa a effetto. – Tutti sanno, qui a Southall, che Mister Nanak è sempre disposto ad aiutare i membri della comunità che hanno dei momenti di difficoltà, e un sikh deve considerare la moglie di un altro uomo alla stregua di sorella o madre, e il figlio di un altro come suo. – Prese dalla tasca della giacca un bloc-notes nero e un paio di occhiali da vista che inforcò con movenze ieratiche. – Lei sa bene, signora, che Franco, per far studiare Nello all'Accademia di Musica ha dovuto fare tanti sacrifici, che la licenza del taxi costa molti soldi ed è risaputo, e mi creda, me ne rammarico, che da quando lei è stata operata alla mano la sua attività di sartoria e maglieria non rende più come un tempo.

– Il pianoforte del ragazzo lo abbiamo venduto... – aveva sussurrato la madre di Nello, martoriandosi le mani che teneva in grembo. – Ho pagato il funerale e mio figlio ha saldato tutte le rate della macchina...

Mister Nanak le aveva messo una mano sulla spalla. Il Khanda tatuato risaltava vicino ai capelli, a quei tempi ancora corvini, della donna. Sciabole pronte a sfregiarla:

– Lo so, avete fatto quello che avete potuto, con il cuore. C'è però un dettaglio che forse vi sfugge. Succede anche ai più timorati da Dio, si dice così nella vostra religione, vero? di fare qualche sciocchezza... no, non mi guardi così, signora, la salvezza di Franco non è in pericolo: capita a tutti di sbagliare. Purtroppo lui lo ha fatto, in buona fede, per provare a donarvi una vita migliore. Scommetteva ai cavalli e quando gli andava male veniva da me a chiedere un aiuto. Come avrei potuto rifiutare un sostegno a un amico, a un appartenente a questa comunità, a un uomo che ha lavorato per me per tanti anni?

– Quanto? – aveva chiesto la madre di Nello, in un sussurro, la voce che le tremava, gli occhi abbassati, a fissare un punto imprecisato del pavimento lindo.

Mister Nanak si era levato gli occhiali e li aveva rimessi in tasca:

– 185,000 pounds.

Nella cucina era caduto il silenzio. Ancora quel maledetto, putrido silenzio deleterio, che infestava ogni secondo di quella nuova vita.

Dopo un tempo che a Nello era apparso infinito sua madre aveva affermato:

– È una cifra enorme, noi quei soldi non li abbiamo.

Mister Nanak aveva sorriso e si era indicato il turbante:

– Lo sa signora perché porto un turbante di questo colore? Perché il blu è il simbolo dell'entusiasmo e della libertà, e il mio desiderio è che anche gli altri possano vedere il cielo. Voglio darvi questa possibilità. – Aveva guardato Nello, con attenzione. – Ora vi spiego come andranno le cose. Il taxi e la licenza sono miei. Tu continuerai a guidare la macchina di tuo padre finché il debito non sarà estinto. Tratterrò metà di quanto guadagni, lo stesso vale per il suo negozio di sartoria, signora... capite benissimo che anche così facendo ci mettereste troppo tempo a restituirmi tutti quei soldi. Ma sono buono, e tu sei grosso e forte. Mi potresti essere molto utile. – Mister Nanak si era alzato in piedi, si era avvicinato a Nello e gli aveva porto un volantino che teneva in tasca. – Prendilo.

Nello lo aveva afferrato con titubanza e lo aveva studiato. In alto il logo del Car Wash Singh, un leone con la bocca spalancata in un ruggito, e sotto le diverse tipologie di intervento: 1. Lavaggio interni; 2. Lavaggio interni e risciacquo esterni; 3. Lavaggio interni e sgrassante esterni con i rulli; 4. Lavaggio e cera esterni a mano; 5. Pulizia completa a mano.

– Come vedi forniamo ai nostri clienti ogni tipo di assistenza, in modo che possano sentirsi soddisfatti dei nostri servigi. Somministriamo anche prestazioni extra, ed è qui che entri in gioco tu. Ti verranno recapitate delle buste gialle. All'interno troverai, ogni volta, una fotografia raffigurante qualche persona, e a te non deve interessare chi sia e cosa faccia, con un indirizzo e cinque gamme diverse di barrette verticali, che richiamano i cinque interventi che il Car Wash Singh eroga. – Mister Nanak parlava con calma, con fare amichevole, tranquillo, come un semplice rappresentante porta a porta. – Ti vedo perplesso. Forse è meglio che ti spieghi meglio la simbologia dei numeri: una barretta, una visita di avvertimento e strapazzata leggera; due barrette, strapazzata media senza segni: pugni allo stomaco e sul costato, per intenderci; tre barrette, strapazzata seria da non poter uscire una settimana; quattro barrette, danno permanente, tipo l'amputazione di un dito o una grossa cicatrice sul volto; quattro barrette più una quinta che attraversa le altre in orizzontale: esecuzione.

Nello aveva visto, alle spalle di Mister Nanak, sua madre farsi il segno della croce e si era sentito dire, con voce quasi ferma:

– Io non ho mai fatto del male a nessuno.

Mister Nanak gli aveva messo una delle sue tozze mani sulla spalla e aveva stretto. Nello aveva sentito il calore di quel tocco attraversargli il braccio e il torace.

– A volte, ragazzo, è necessario fare ciò che non si vuole per salvare la propria famiglia. La tua carriera musicale, malauguratamente, è finita, lo comprendi anche tu, e tuo padre ti ha messo in una condizione in cui non puoi scegliere altra strada che quella che io ti sto indicando. Ti conosco da quando sei piccolo, non vorrei mai che il nostro rapporto si incrinasse. – Mister Nanak aveva tolto la mano dalla spalla di Nello e si era sistemato la giacca. – Siamo intesi, quindi? Ricordatevi che i nostri clienti non ammettono errori e io nemmeno. Car Wash Singh è un marchio di qualità. Se qualcuno sgarra riceve lo stesso trattamento di quello che gli viene ordinato di compiere.

Un rantolo dell'uomo insanguinato ai suoi piedi destò Nello da quei dolorosi ricordi. L'anticamera dell'inferno in cui si era cacciato per salvare il salvabile. Il 185 era diventato 183 dopo il primo servizio, quando si era reso conto, con stupore, che lui era in grado, come molti esseri umani, di spaccare labbra, prendere a calci, spezzare costole quando non c'era altra scelta. Poi il 183 si era trasformato nel 180 in seguito a nuovo sangue e nuova sofferenza, 178, 160, 80, 20... la cifra era ferma, ora, sul 5, mancava molto poco per liberarsi da quella schiavitù. Forse sarebbe riuscito a comprarsi un altro pianoforte e avrebbe ripreso a suonare, dopo tanti anni. Forse.

Infilò il cellulare, che teneva ancora in mano, nella tasca dei pantaloni e uscì dall'appartamento.

6

La luce del sole penetrava nella stanza attraverso la finestra, traendo un riflesso sulla superficie dorata della statuina della Madonna Immacolata sistemata sopra il comodino.

Nello percepì il baluginio e aprì gli occhi.

Non sapeva che ora fosse, odiava avere orologi nei paraggi quando doveva dormire. Era in grado di sentirne il ticchettio. Quello da polso lo chiudeva nel cassetto e non aveva sveglia, del resto, con sua madre in casa, non ne aveva bisogno.

Le settimane successive alla morte di suo padre, e a seguito dei primi incarichi affidategli da Mister Nanak, gli capitava spesso di sognare di essere torturato da uomini senza volto e di svegliarsi a notte fonda senza sapere dove fosse. Stendeva la mano nel vuoto, a lato del letto, e credeva per qualche istante di essere in una dimensione parallela. In quei casi deglutiva e sentiva il sapore acidulo della bile, granelli di polvere impercettibile che si disfacevano tra la lingua e i denti. Urlava durante quegli incubi, e sua madre accorreva, accendendo la luce. Avvolta nella vestaglia rosa si sedeva sul ciglio del letto, aspettando che lui si riaddormentasse. Quando si svegliava, al mattino, sua madre era seduta allo stesso posto. La luce arancione entrava dalla finestra e lei guardava fuori, assorta, con le spalle leggermente rivolte in avanti, la mano, stesa, stringeva la sua. Nello immaginava che sua madre piangesse in quel tempo, seduta lì, a vegliare su di lui e a pensare al bene e al male.

Si alzò e si trascinò fino al bagno.

Cercò di non specchiarsi: strascichi colpevoli di quello che aveva fatto la notte precedente gli ronzavano ancora in testa.

Si asciugò la faccia, tornò in camera da letto e si vestì lentamente.

Ripensò a Scarlett. Quando era andato a prenderla al The Bloomsbury l'aveva trovata davanti all'entrata dell'hotel che si contemplava le mani con espressione smarrita.

– Mi dispiace se ho fatto tardi – aveva azzardato lui, anche se sapeva benissimo di essere in anticipo di cinque minuti.

– Non devi scusarti. – Lei aveva provato a sorridere, un sorriso triste e assente. – Non fare quella faccia, sto bene, sono solo un po' stanca. – Aveva appoggiato la testa contro il finestrino, sistemandosi il caschetto ogni tanto e mormorando solo: – Peccato che non piova, questa notte. – Poi era stata in silenzio fino a Chelsea.

Lo aveva salutato con un cenno della mano e aveva an-
cheggiato strascicando i piedi, in modo poco elegante,
fino all'entrata del residence.

Aprì il cassetto, prese l'orologio e se lo allacciò al
polso: l'una e un quarto del pomeriggio.

Scese le scale.

In cucina trovò sua madre, stava fissando la macchinetta del caffè sul fornello acceso. Si voltò e gli sorrise:

– Buongiorno. Ti ho sentito muovere, di sopra. Il caffè è quasi pronto.

– Grazie.

– Sei riuscito a riposare?

– Sì.

– Tutto bene... voglio dire, ieri notte?

Nello si limitò ad annuire e si sedette a tavola.

Il caffè iniziò a bollire. Sua madre spense il fuoco,
versò la bevanda in una tazza bianca e ci aggiunse un
sorso di latte a temperatura ambiente:

– Ecco. Mangia anche qualche brioches. Le ho prese
poco fa, quando ho chiuso la sartoria.

– Grazie. – Nello arraffò una brioche dal cestino di
vimini e iniziò a mangiare avidamente, concentrato su
un documentario catastrofico in televisione dove si ri-
velava che gli esseri umani si sarebbero estinti a causa
di una nuova glaciazione, i cui segni premonitori sarebbero stati un aumento dell'attività vulcanica, il susseguirsi di terremoti sempre più violenti, ondate ano-
male di calore che avrebbero provocato incendi, inverni

eccessivamente miti, cui sarebbero seguiti inverni polari.

- Questa mattina, in negozio, è venuta a salutarmi la signora Sterling.

Nello non rispose.

- Mi ha chiesto come stavi. La saluterai domenica, in chiesa. Verrà anche Casey, sua figlia. È un po' che non vi vedete, vero? Brava ragazza... è stata così sfortunata nella vita...

Nello la sentì sospirare, ma non si voltò. Sullo schermo un vulcano in eruzione su qualche atollo oceanico.

Finì di fare colazione e si alzò.

- Prima di andare al lavoro prendi questo. - La madre, con le braccia allungate, gli stava offrendo il thermos e un sacchetto di carta. - Te l'ho riempito di tè e ti ho preparato un panino con la frittata. Mangia più tardi, quando potrai fare una pausa.

- Grazie.

- Ci vediamo questa sera a cena.

Uscì di casa. L'aria era tersa.

Camminò lungo il marciapiedi fino alla Ford Ikon. Salì a bordo e guidò per il breve tratto di strada.

Davanti alla sede della compagnia di minicab Speedy non c'erano altre macchine.

Scese ed entrò nel piccolo ufficio. Nella luce del pomeriggio l'ambiente era desolante. Uno specchio ossidato, sopra il lavandino di fianco alla porta del bagno, cartelline ingiallite su un mobiletto di ferro a cui era stata sostituita una delle quattro gambe con un dizionario, la scrivania impolverata.

Ravi, lo scheletrico e insonne luogotenente di Mister Nanak, era al telefono. Era un uomo dalla corporatura esile, gli occhi infossati e labbra sottili e pallide. Indossava una maglietta della nazionale indiana di hockey su prato, sport di cui era un vero appassionato.

Sulla scrivania c'era una tazza piena di caffè freddo sul quale galleggiavano i resti di una sigaretta.

Nello avvicinò una sedia, si sedette e aspettò che Ravi finisse la conversazione.

– No, non lo avrai un anticipo immediato perché non c'è nessuna possibilità di successo in quello che hai intenzione di fare, e sai bene come funziona... no, stiamo parlando di somme incalcolabili... va bene, sì... ciao. – Ravi depose la cornetta e sospirò. – Mio figlio: vuole dei soldi per aprire con un suo amico un take away di cucina punjabi. Come se non ce ne fossero già abbastanza, qui a Southall.

Nello rimase in silenzio.

– Allora, sentiamo un po': dov'è il guadagno di Mister Nanak?

Nello allungò a Ravi cinque biglietti da venti sterline che lui si infilò nella tasca dei jeans. Prese il pacchetto di sigarette dal tavolo. Se ne accese una e soffiò dalla bocca, teatralmente, il fumo in direzione di Nello:

– Bene. Un sacco di soldi ieri, eh?

Nello annuì. Era un rituale che si ripeteva tutti i giorni. Prima di iniziare a lavorare entrava nell'ufficio e consegnava a Ravi metà di quello che aveva guadagnato il giorno precedente. Il profitto della sartoria della madre, invece, glielo dava una volta al mese.

– C'è tutto?

Era una domanda inutile perché era Ravi che smistava le chiamate per le corse e concordava in anticipo con i clienti la quota da dare all'autista. Mancavano i soldi che Scarlett aveva dato a Nello, ma quello era un suo segreto, qualcosa che non voleva condividere con nessuno, tantomeno arricchire, anche se di poco, le tasche di Mister Nanak con la ventata di ossigeno che la presenza di Scarlett gli donava.

– Sì. La metà.

Ravi fece un tiro dalla sigaretta e la gettò nella tazza piena di caffè, dove si spense con uno sfrigolio. Prese un foglietto e iniziò a leggere:

– Heathrow, Terminal 4, tra mezzora. John Strachan. Ha il tuo numero e questo è il suo, nel caso non lo trovassi. – Allungò a Nello il bigliettino. – Sopra c'è anche scritto quanto deve darti e dove lo devi portare: una qualche fogna piena di *paki* dalle parti di Feltham, anche se dal nome, il tipo, mi sembra più uno scozzese.

Nello rimase in silenzio, aspettando di essere congedato.

– Adesso vai. Ti comunicherò più tardi, al cellulare, le prossime corse che dovrai fare.

Fu un pomeriggio di routine. Il cliente recuperato al Terminal 4 dell'aeroporto di Heathrow era un uomo rosso di capelli che sembrava essersi smarrito da qualche parte. Era seguita una corsa breve, da Hayes a Cranford, per accompagnare al Golf Club di Airlinks due anziani silenziosi e dall'aspetto nobiliare. Poi si era recato fino al cuore di Londra: alla Victoria Station aveva caricato tre ragazzi rubizzi troppo ubriachi per fare a piedi mezzo chilometro; una coppia di sposini modello, carichi di valige, dalla loro casa, una graziosa abitazione vittoriana di Fulham dovevano prendere un treno a Charing Cross; un uomo d'affari bengalese aveva necessità di giungere in fretta a casa, a Brick Lane, dopo essersi concesso un'oretta di piaceri proibiti con una massaggiatrice cinese di Soho.

Nello conosceva tutte le scorciatoie, le strade meno trafficate, i trucchi per evitare troppe code, anche se in una metropoli come quella non sempre era possibile. Era bravo nel suo lavoro, aveva in testa, impressa, l'intera mappa della città e dei suoi dintorni. Era un dono che gli era rimasto dopo i tanti anni passati a studiare a memoria spartiti complicatissimi al pianoforte: la sua memoria fotografica non dimenticava nessun dettaglio, non aveva bisogno di nessun navigatore GPS.

Quando si era trovato a sostituire suo padre, disorientato e nuovo del mestiere, aveva utilizzato una cartina che teneva nel cassetto del cruscotto, in modo da consultarla ogni volta che si fosse trovato in difficoltà.

Ma poi aveva immagazzinato sempre più sicurezza nelle sue capacità orientative. La topografia aveva sostituito la musica. Un piccolo sollievo quotidiano per alleviare la frustrazione di una professione che altrimenti non sarebbe riuscito ad accettare.

Dopo aver depositato l'uomo d'affari bengalese davanti all'Altab Ali Park, poco distante dall'incrocio con Brick Lane, guidò verso ovest, avvicinandosi a Southall. Il cellulare taceva, Ravi sembrava non avesse bisogno dei suoi servigi. Generalmente lavorava fin verso le sette e mezza di sera, per poi riprendere dopo la canonica pausa a casa.

Lloyds Bank. Aldagate East Station. Il Millenium Bridge e, dall'altra parte del fiume, la ricostruzione del tempio shakespeariano. Trafalgar Square. I piccioni. Le macchine fotografiche al collo dei turisti. Le famiglie affamate sedute per uno spuntino da Garfunkel's. Pall Mall. St. James's Street. Il Carlton Club. La folla dentro e fuori la fermata della metropolitana di Green Park. I podisti con le cuffie nelle orecchie. La boutique di Marc Jacobs. Il Liceo Francese Charles De Gaulle. Cromwell Road. Il fiume, ancora, più stretto, dalle parti di Chiswick. Il sobborgo di Brentford. Il traffico intenso.

E mentre Londra scorreva fuori dal finestrino, mostrando bellezza e decadimento di un gigantesco e infinito agglomerato contemporaneo, le casse dell'autoradio della Ford Ikon continuavano a emettere *La sonata per pianoforte n. 29*, probabilmente la sonata di Beethoven più complessa dal punto di vista armonico e dell'impegno tecnico.

Nello pigiava tasti immaginari sul volante. Lo sguardo rapito.

Si immise nelle strade famigliari del quartiere. Donne vestite con il tradizionale *sari* indiano, uomini con il turbante, i coloratissimi negozi di abiti, il tempio indù, L'Himalaya Palace, il cinema con la stessa programmazione delle sale di Chandigarh, musica *bangra* che usciva a volume altissimo da un market di alimentari.

Passò davanti alle roulotte, al Gurdwara e alla chiesa.

Parcheggiò al solito posto, dirimpetto alla schiera delle case popolari.

Camminò con lo sguardo basso. La musica di Beethoven che ancora gli vorticava nelle orecchie.

La serranda della sartoria di sua madre era abbassata. Fece qualche altro passo fino alla porta d'accesso della sua abitazione. Tirò fuori la chiave dalla tasca e la infilò nella toppa.

La solita routine: sua madre stretta nel cardigan con quel sorriso misericordioso e straboccante d'affetto, la televisione già accesa, la possibilità di scegliere tra un piatto di rigatoni al ragù o cacio e pepe, al cento per cento d'esportazione, comprati nell'unico negozio italiano di alimentari a Southall, gestito da emigranti napoletani, Mario e Diletta Schiattarella.

Nello optò per il ragù e si sedette a tavola. Josè accarezzava la guancia madida di sudore di Nanà, fuori dalla capanna il sole a picco sulla terra arsa del Grande Sertão.

Sua madre gli mise davanti il piatto fumante di pasta. Si portò una forchettata alla bocca e masticò di gusto.

– È troppo piccante? Ci ho messo un po' di peperoncino... su, bevi. Bevi dell'acqua. – Prima che potesse rispondere Nello si trovò tra le mani il bicchiere già pieno. Senza staccare gli occhi dalla televisione buttò giù un sorso e riprese a mangiare.

– Il sugo cacio e pepe lo metto in frigorifero...

Massimiliano, *facendero* tradito, avanzava con i suoi uomini e una muta di cani in mezzo a una piantagione di canna da zucchero in cerca dei fuggiaschi.

– Vuoi ancora rigatoni?

Nello alzò una mano debolmente.

– Devi mangiare, hai ancora tante ore di lavoro davanti... su, un altro mestolo. – Il piatto si riempì di nuovo e lui trapassò la pasta con la forchetta. – Ne è rimasta ancora... la posso riscaldare, oppure domani la mescolo con delle uova e ti faccio una frittata...

Josè toccava la pancia gravida di Nanà, con tenerezza. Le diede un lieve bacio sulle labbra per farle coraggio. Era ormai notte, dovevano proseguire il viaggio per aumentare la distanza tra loro e Massimiliano. Il bambino sarebbe nato in un luogo dove avrebbe potuto sempre vedere il mare, sussurrò Josè alla sua amata. Il mare... a Nello venne in mente Scarlett, le sue parole, quando si erano conosciuti: "Mi piaceva vivere lì, era così diverso da Londra. C'eravamo mia madre, io e mio papà, quando non era fuori con il peschereccio".

Nello non ci aveva mai riflettuto troppo, ma quello di Scarlett sembrava uno specchio della situazione della sua famiglia. Anche a lui piaceva vivere lì, quando ancora Southall non era il nastro di partenza per andare a Londra a recuperare clienti o a far del male a delle persone. E c'erano sua madre, suo papà e lui, quando non era in giro sul minicab. Una famiglia semplice e molto unita, fedele a tradizioni oneste e a ritualità consolidate nel tempo.

Era stato un vero shock, per Nello, scoprire che suo padre, che non aveva mai bevuto o fumato, che si recava in chiesa ogni domenica e che lavorava instancabilmente, nascondesse la passione per la corsa dei cavalli, una passione talmente gravida di pericoli da scoppiare, inevitabilmente, e di trascinare lui e sua mamma in quella nuova, sconsolante e annichilente esistenza.

Vivevano con un tarlo gigantesco: l'uomo retto non dovrebbe mai commettere peccato se aspira alla salvezza, ma per fargliela raggiungere il padre aveva condannato il figlio all'abominio, e aveva obbligato la moglie a ingoiare i sensi di colpa.

A volte, Nello, pensava che il segno della croce, le immagini sacre collocate nei punti strategici della casa, le preghiere prima di dormire non sarebbero bastate a elevarli verso il Regno dei Cieli.

La puntata della telenovela finì con i due innamorati che correvano verso un orizzonte deserto illuminato dalla luna piena. Quando iniziarono i titoli di coda Nello bevette il caffè che gli era stato messo nella tazzina bianca, vicino al suo gomito sinistro.

Prima di uscire di casa verificò sul cellulare se ci fosse un SMS di Scarlett. Nessun messaggio.

Guidando a velocità minima arrivò alla sede della compagnia di minicab Speedy.

Davanti all'entrata c'erano Amit e Bharat, due dei ragazzi che lavoravano per Mister Nanak. Nello non sapeva di preciso che ruolo ricoprissero, ma ipotizzava si trattasse di qualche mansione poco pulita. Le teste rasate, le corporature massicce, passavano probabilmente buona parte del loro tempo a rinforzarsi i muscoli in qualche palestra della zona. Bharat indossava un giubbotto di pelle che sembrava sul punto di strapparsi tanto era teso sulle spalle. Amit portava *dog tag* militari appese al collo, ferme nel solco profondo tra i pettorali che si intravedevano sotto il tessuto aderente della maglietta nera Dolce & Gabbana.

– Il *kalaripayat* è una delle prime arti marziali che hanno inventato. Quando i fottuti inglesi sono andati in India lo hanno vietato, ma adesso ci pensiamo noi a fare in modo che nessuno se lo dimentichi più – stava dicendo Bharat facendosi scrocchiare le nocche delle sue grosse dita ricoperte di anelli d'oro. – Ehi, Nello, come va?

– Bene, grazie.

– Dicevo ad Amit del *kalaripayat*, tu lo conosci?

– Ma lascialo perdere, questo... – borbottò Amit.

Nello sorrise a disagio ed entrò nell'ufficio.

Ravi era seduto alla sua scrivania. Muoveva la testa a scatti. La tazza di caffè bollente in una mano, la sigaretta nell'altra.

La televisione portatile appoggiata sul mobiletto di ferro stava trasmettendo una partita di hockey su prato.

– Niente servizio lavaggio questa notte, eh? – disse Ravi con un ghigno. – Si sgobba come tutti gli altri. Per ora non ho nessuna chiamata. Rimani lì fuori, appena ho bisogno ti faccio un fischio.

Nello uscì dall'angusto ufficio, aprì la portiera, salì al posto di guida della Ford Ikon e abbassò il finestrino.

Avrebbe voluto accendere l'autoradio e cercare qualche frequenza di musica classica, ma la presenza a pochi metri di Amit e Bharat lo infastidiva.

I due, adesso, erano appoggiati alla BMW di quest'ultimo a chiacchierare:

– Te l'ho detto, Bharat, le tipe vengono con me perché adorano sedere su questo gioiellino, si sentono come delle regine. Capiscono di essere a fianco di uno che vale qualcosa e non con uno di quei *paki* sfigati.

– Tutti hanno la Biemme, Amit, non tirartela troppo.

– Tutti hanno la Biemme nera, la mia BMW M3 lilla è la più tosta di quelle che potrai mai vedere da queste parti.

Nello guardò la macchina. Le alettature laterali lisce, gli archi delle ruote allargati, il tettuccio curvo, i quattro scappamenti cromati. Era una bella automobile.

– Alle tipe piace salire su macchine che abbiano la carrozzeria in tinta con quello che indossano. Capisci cosa voglio dire?

– Se mi porto a fare un giro una tipa con le mutandine nere, sarà sempre intonato con il cruscotto.

I due esplosero, all'unisono, in una fragorosa risata.

– E se sono rosse, le mutandine?

– Vuol dire che è una brutta zoccola e la faccio volare fuori dal finestrino. Detesto quelle che non hanno stile. – Amit sputò a terra e osservò distrattamente Nello, che distolse immediatamente lo sguardo e lo focalizzò sugli alberelli piantati sul marciapiedi del lato opposto della via.

Erano alberi con rami castrati. Alberi sterili, su cui le foglie non sbocciavano nemmeno in primavera.

Prima che costruissero l'aeroporto, Southall, così come le zone limitrofe di Hounslow e Slough, doveva essere un susseguirsi di casette con giardini e siepi dove la gente girava in bicicletta. Adesso i giardini erano stati sostituiti da posti macchina cementati e sulle porte di legno delle abitazioni erano stati incollati simboli Om, Khanda e mezzelune musulmane. Tutte le case avevano la padella satellitare vicino alla finestra del salotto per poter assistere in diretta a quello che vedevano, allo stesso orario, i famigliari rimasti a vivere nel subcontinente indiano.

Nello era nato lì, quando il quartiere si era già trasformato in un'enclave asiatica. Molti suoi compagni di scuola erano di famiglie originarie del Punjab, dell'Haryana e dell'Himachal Pradesh, ma erano cresciuti a Southall, cittadini britannici a tutti gli effetti.

Pensò che lui, in modo più radicale rispetto a loro, aveva molti meno rapporti con la nazione che aveva dato i natali ai suoi genitori. Non aveva mai visitato Genzano, il paese sui Colli Albani dove erano cresciuti suo papà e sua mamma, trasferitisi a Londra dopo il matrimonio per seguire il sogno romantico di suo padre, partito per diventare un grande ristoratore e diventato in poco tempo, in seguito a investimenti sbagliati, un semplice tassista.

Il cordone ombelicale con l'Italia persisteva solamente nel momento del pranzo e della cena, grazie alla salvaguardia della tradizione culinaria imposta da sua madre. La stessa lingua e le forme dialettali romanesche gli erano perlopiù sconosciute, in quanto i suoi genitori si erano sempre sforzati di parlargli in inglese, seppur il loro fosse un inglese sgrammaticato, dalle forti ed endemiche irregolarità tipiche degli emigranti che avevano assorbito dalla nuova patria quel tanto che gli bastava per sopravvivere.

Amit e Bharat salirono sulla BMW e partirono con una sgommata.

Nello sospirò e alzò il vetro del finestrino. Accese l'autoradio, tenne il volume basso e cercò una frequenza di suo gradimento.

Morceau de Fantaisie, di Rachmaninov. Uno dei suoi preferiti.

Aveva sempre trovato conforto nella musica, l'unica cosa che sentisse veramente sua. I suoi insegnanti avevano sostenuto quella sua passione, così come suo padre, che gli aveva comprato il giradischi, gli LP di musica classica, infine il pianoforte, e aveva pagato prima le lezioni private da un'anziana insegnante in pensione, Miss Vardy, e poi la costosa iscrizione all'Accademia.

Sua madre aveva osteggiato quel talento, anche se probabilmente in segreto ne era orgogliosa. Si preoccupava quando lui doveva andare da solo fino al centro di Londra per seguire le lezioni pratiche e teoriche, nonostante fosse già maggiorenne. Lo avrebbe sempre voluto a casa con lei.

Gli anni all'Accademia erano stati intensi e importanti. Suonare il pianoforte significava per lui dover coordinare una molteplice quantità di movimenti e di impulsi del cervello che gli davano un benessere difficile da spiegare. L'obbligo di riprodurre qualcosa di preciso sui tasti era per lui, ogni volta, una vittoria.

Poi il destino si era messo in mezzo, dimostrando che se in casa avessero dato retta a sua madre probabilmente il corso della loro storia famigliare avrebbe preso un'altra piega.

Se non altro, grazie al pianoforte Nello aveva acquisito una straordinaria capacità logica e una spiccata disposizione alla memorizzazione, elementi indispensabili per il suo lavoro.

Vide Ravi che si sbracciava oltre la vetrata dell'ufficio.

Spense l'autoradio, scese dalla macchina e si diresse verso di lui.

Aprì la porta con un indefinibile nodo in gola.

– Prendi il bigliettino, è tutto scritto. Sue Miles, davanti all'entrata di Nando's, quello su Ruislip Road, a Greenford: uno sputo da qui. La tipa si deve essere rotta le palle di mangiare pollo *piri piri*...

Nello ritornò alla Ford Ikon.

Prima di immettersi nel traffico del sabato sera guardò ancora una volta la schermata del cellulare, ma di messaggi di Scarlett nessuna traccia.

7

Per essere un sabato sera c'era poco lavoro. Dopo aver portato Sue Miles, una rossa scheletrica dalla faccia vitrea, da Nando's al suo appartamento in un *estate* a Northolt, fece brevi corse rimanendo nel cuore di Londra: un arabo con la barbetta caprina e gli occhi pazzi, pupille malate come due punti di pus, che aveva voglia di parlare di come la vita fosse cara e frenetica, e da Fulham a Marble Arch fu molto difficile, per Nello, trattenere i conati di vomito che gli effluvi putrescenti dell'alito del passeggero gli procuravano; una coppia di ventenni, entrambi biondi, entrambi belli come celebrità della televisione, profumati di zucchero filato e dolce all'anice, le mani di lui che si infilavano dappertutto, simili a tentacoli di una piovra, il sussurro di lei che gli pregava di smetterla e di aspettare di essere a casa, in una via residenziale di Belgravia.

E poi avanti e indietro, in modo molto blando, tra Soho e Notting Hill, Portobello Road e Lisson Grove, Camden Town e Hackney, Shadwell e Newington.

Il messaggio di Scarlett arrivò molto tardi, verso le

due del mattino, mentre stava attraversando Westminster Bridge: "Per favore vienimi a prendere appena puoi all'Hotel Novikov, su Berkeley Street. Grazie".

Il posto non era lontano. Ci impiegò circa venticinque minuti, ma quando arrivò non trovò nessuno ad attenderlo.

Posteggiò, chiuse la portiera della macchina e fece il breve tragitto fino all'entrata dell'albergo.

Il *concierge* lo guardò silenziosamente da dietro il bancone e tornò alle carte che stava leggendo. Nello si diresse a destra, dove vi era il bar, un luogo raffinato, luci soffuse e musica jazz in sottofondo. Ai tavolini bassi solo qualche ospite insonne impegnato a bere whisky con gli occhi socchiusi.

Scarlett era seduta a un tavolino ad angolo, una gamba sull'altra, lo spacco del vestito da sera nero lasciava scoperta una coscia.

– Ti dispiace se finisco il tè? – gli domandò, facendogli cenno di sedersi di fronte a lei.

Nello ubbidì. La luce cospargeva di macchie chiaroscure il volto di Scarlett. Aveva i lineamenti del viso tesi e la mano tremava nel tentativo di tenere salda la tazza di tè.

Lui non le chiese nulla. Si limitò a osservarla.

L'esecuzione jazz usciva suadente dalle casse posizionate agli angoli della sala.

Un uomo in giacca blu ministeriale con i bottoni dorati si alzò, lasciando quasi intatto il bicchiere dal contenuto ambrato, e strascicò i piedi lentamente fino alla hall.

Scarlett sembrò lentamente rilassarsi.

Nello le sorrise.

Scarlett si sforzò di fare altrettanto, cercando di farlo apparire il più spontaneo possibile.

– Va tutto bene? – chiese Nello, assaporando il profumo di acqua marina.

– A te cosa spaventa, Nello? – Glielo domandò con la sua voce ermafrodita, guardandolo negli occhi, in modo serio, come se dalla sua risposta dipendesse la possibilità di accedere a un mondo migliore.

Lui rimase per un po' perplesso, a disagio davanti a quello sguardo così intenso, poi si ricordò della riflessione che aveva fatto qualche ora prima, a cena: la loro passata esistenza come uno specchio di vite distanti, ma simili, ora intrappolati in una corazza da cui avrebbero voluto liberarsi.

Scarlett era l'ossigeno. L'illusione, probabilmente, che c'era ancora qualcosa di buono:

– Quando ero bambino - avevo sei o sette anni - mia madre mi aveva mandato a comprare del latte. Non ricordo come successe: sbagliai strada e mi ritrovai in un vicolo cieco dove venni aggredito da due cani randagi. Mi ringhiavano contro. Non erano molto grandi, con un calcio li avrei potuti far scappare, però mi sentivo braccato e senza via di fuga. – Nello smise di parlare e si guardò le mani, come fosse in cerca di un aiuto. – Una porta si aprì improvvisamente e i cani si ritirarono, ma la sensazione di paura di trovarmi in una situazione senza possibilità di scappare mi è rimasta addosso.

– Immagino tu non abbia un cane a casa.

– Già…

Scarlett sorrise. La tensione stava calando:

– Io ho paura della cattiveria delle persone. È l'uomo la bestia più feroce, credimi. Da adolescente sono stato picchiato diverse volte dai miei compagni di scuola che non riuscivano ad accettarmi per quello che ero. – Si accarezzò i capelli sistemandosi il caschetto. – Ma nulla a confronto di quello che mi fece un uomo, quando ero più grande. Successe in un bar, dalle parti di Dover, dove abitavo con la mia famiglia. – Si toccò il naso, leggermente inclinato sulla sinistra. – Mi pestò talmente forte che mi dovettero trasportare all'ospedale... se non altro mia madre e mio padre, nonostante non mi abbiano mai capito, non hanno mai intralciato il mio cammino, ma ho la consapevolezza di averli fatti soffrire molto per quello che sono.

Nello sapeva di aver afferrato ogni sua parola e la guardava confuso.

Scarlett allontanò la tazza e gli fece cenno che era pronta per andare a casa.

Camminarono uno di fianco all'altra fino alla macchina. Nello le aprì lo sportello, girò intorno alla Ford Ikon e andò a posizionarsi sul sedile del conducente. L'abitacolo si era riempito immediatamente del profumo di Scarlett.

Partirono.

– Posso accendere la radio? – chiese Nello, titubante.

– Sì.

Trovò una stazione di musica classica. *Sinfonia pastorale*, la più serena, la più ridotta e la più melodica delle nove sinfonie del Genio.

– Chi è?

– Ludwig van Beethoven.

– È un brano molto bello... dolce...

– Io una volta suonavo il pianoforte. Ho detto una bugia quando ci siamo conosciuti. – Nello si stupì delle sue parole. Non aveva mai rivelato a nessuno che era stato un musicista provetto.

– Immaginavo che ci fosse un motivo se tieni questo adesivo sul cruscotto... come hai detto che si chiama, la santa?

– Santa Cecilia.

– Santa Cecilia... perché hai smesso?

Nello rimase per un po' in silenzio, lo sguardo fisso sulla linea di mezzeria. Sentiva gli occhi di Scarlett su di sé:

– Perché non ero bravo.

– Hai sbagliato, bisogna sempre perseguire i propri sogni.

All'altezza del London Oratory l'incrocio tra Cromwell Road e Brompton Road era bloccato per via di un incidente stradale. Un'utilitaria si era scontrata con un autobus. I lampeggianti di una pattuglia della polizia e di un'ambulanza si spandevano nel cielo, illuminavano con effetto stroboscopico le facciate dei palazzi.

Si misero in coda, dietro ad altre due automobili.

Scarlett guardava fuori dal finestrino, la fronte appoggiata al vetro. Chiuse gli occhi.

Nello la osservava, contemplava i suoi lineamenti, la malinconia della sua espressione immobile.

Un poliziotto fece un cenno con il braccio e le macchine si rimisero in moto. Proseguirono per Brompton Road e svoltarono a destra su Gilston Road.

Nello rallentò e poi spense il motore davanti al residence. Scarlett si destò dai suoi pensieri, aprì la borsetta e poi scosse la testa con un sorriso amaro:

– Scusami, ho la testa da un'altra parte: il cliente mi ha pagato con un assegno. Ho i contanti in casa.

– Non c'è problema, me li darai la prossima volta.

– Insisto, perché non sali? – Lo guardava negli occhi, cercando, o così immaginò Nello, un complice in quella notte di solitudine.

Lui annuì e sussurrò un incerto:

– Volentieri...

Si avvicinarono al residence. Avvolto nella recinzione in ferro battuto, quel perfetto connubio tra lo stile vittoriano e quello contemporaneo sembrava sospeso nel silenzio. Il vento soffiava tenue.

Entrarono nell'atrio. Scarlett spinse il tasto sul display davanti alla porta dell'ascensore:

– Sono poche scale, ma a quest'ora non ho voglia di farle...

Lo specchio all'interno della cabina evidenziò, implacabile, la differenza di statura e di stile tra i due. Nello si soffermò sulla propria figura: un uomo grande e grosso, la pettinatura ordinaria, giacca, maglione e pantaloni puliti, informali. Nessun dettaglio a renderlo interessante.

Spostò lo sguardo verso sinistra. Riconobbe tratti mascolini dietro il trucco marcato di Scarlett. La carnagione lattea contrastava con l'eyeliner pastellato. Avvolto nel vestito da sera, il suo fisico minuto e le sue spalle esili sembravano il manifesto della fragilità.

La porta dell'ascensore si aprì.

L'uscio dell'appartamento era in legno massello e il raffinato marrone scuro di cui era tinto lasciava intendere che era opera di un esperto artigiano.

Scarlett girò la chiave nella serratura e si ritrovarono in un ampio ambiente dove aleggiava, inconfondibile, profumo marino.

La sala affacciava sui giardini interni, tenuemente illuminati da plafoniere che gettavano sbuffi di luce arancione sulle foglie degli alberi scosse dalla brezza.

La pavimentazione era in legno e l'arredamento consisteva in un sofà in pelle e in un tavolo di marmo rotondo su cui spiccava una ciotola piena di biglie di vetro colorato.

Ogni singolo complemento d'arredo presente nel soggiorno, compresi i quadri astratti alle pareti, aveva l'aspetto di un pezzo raro di grande valore.

Scarlett, spense l'interruttore e il lampadario centrale smise di proiettare il suo bagliore anatomico nell'ambiente. Nello la vide chinarsi in un angolo, percepì un leggero click e una lampada di *rattan*, a forma piramidale, si accese. Ora la stanza assunse le sembianze di una grande scatola di intimità, le ombre si fecero lunghe. Il profumo marino risultava più intenso.

Nello guardò la padrona di casa avvicinarsi. Intuiva le sue forme gracili. La mascolinità repressa nei suoi gesti. La vide aprire la borsetta che aveva con sé ed estrarne una banconota. Troppo confuso per chiederle spiegazioni seguì i movimenti della sua mano. La mano di lei che prendeva la sua e gli appoggiava sopra il pezzo di carta. La mano di lei, fredda, che gli accarezzava il palmo, il polso...

Nello, adesso, teneva lo sguardo basso. La vista appannata, gli occhi lucidi. Era sicuro di volere quello che stava accadendo, ma sapeva anche che non avrebbe dovuto. Era innaturale, ma lo desiderava.

Provò a cancellare dalla propria mente l'immagine di sua madre, il suo sorriso misericordioso. Tentò di sfregare via la propria educazione, la coscienza che gli era stata inculcata. La concezione di che cosa fosse il bene e cosa il male.

Poi ricordò, per l'ennesima volta, le analogie tra il

suo passato e quello di Scarlett. Erano anime imprigionate che desideravano ardentemente liberarsi e cercavano solo una possibilità per poterlo fare. Lei lo aveva anche detto, in qualche modo: "Bisogna sempre perseguire i propri sogni".

La banconota era caduta a terra, tra di loro. Scarlett gli stava accarezzando il petto e Nello desiderava togliersi quel maglione pulito, quella camicia inamidata...

Si guardarono negli occhi. Senza un sorriso. Solo suppliche, parallele, di evadere da tutto.

Lei gli vide la bocca dischiudersi e mormorare qualcosa che aveva le sembianze di un'invocazione di aiuto. Di complicità.

La mano di Scarlett scese lungo il corpo di Nello...

8

Nello camminò in punta di piedi, inquieto, respirava come se stesse facendo una pausa per bloccare il fiato che fuoriusciva dal naso. Non voleva che sua madre si svegliasse.

Entrò in bagno, si lavò la faccia e sputò nel lavandino. Prese un pezzo di carta igienica.

Andò in camera da letto, spalancò la finestra di fronte a un'aurora che sembrava addormentata e vi si piantò davanti. Completamente assente, anche se solo per dieci secondi, si soffiò il naso.

Mise il portafogli sul comodino, di fianco alla statuina della Madonna Immacolata, si tolse i pantaloni, il maglione e la camicia, li mise sulla sedia e restò in mutande e canottiera.

Sopraggiunse, da qualche parte, una specie di musica che non riconosceva, era solo musica dalle sfumature orientali, un sitar, un flauto, un suono che fluttuava nella debole luce del primo giorno, una danza tradizionale sconosciuta che aleggiava sopra la stanza, l'armadio scuro, la sedia dove erano stati ripiegati il paio di pantaloni, la cinta con la fibbia argentata e la camicia.

Solo il rumore dell'alba, una luce falsa che veniva da fuori.

Si infilò sotto le coperte e chiuse gli occhi. L'immagine di Scarlett, il suo corpo nudo, sul letto, avviluppato nel lenzuolo...

Quando si destò era già giorno. Un forte odore di caffè aveva invaso la stanza. La porta era aperta: sua madre doveva essere entrata mentre lui dormiva.

Scese le scale in canottiera e mutande. La trovò in cucina, già pronta con il caffè da versargli nella tazza e le brioches nel cestello di vimini.

Cercò di evitare i suoi occhi. Il crocifisso d'oro che lei portava al collo gli procurò un sussulto di dolore al cuore.

– Buongiorno, hai dormito bene?

– Sì, grazie.

– Adesso mangia che poi devi fare il bagno.

– Sì.

– Dopo andremo in chiesa e bisogna essere puliti.

Nello concentrò la sua attenzione sulla televisione. Il gatto Tom inseguiva il topo Jerry con una scopa. Cartoni animati senza tempo dove vinceva sempre il più furbo.

– A seguire la messa ci sarà anche la signora Sterling con sua figlia...

Nello annuì, masticando la pasta della brioche. Per un attimo ebbe l'illusione che Tom potesse farcela, almeno una volta, ma Jerry gli sgusciò dalle mani e un'incudine, caduta dal cielo, lo appiattì come una frittella.

Finì di fare colazione e andò in bagno, dove aprì il rubinetto dell'acqua calda della vasca.

Si svestì contemplandosi allo specchio. Sul suo volto la solita maschera ordinaria. I cambiamenti erano al sicuro, dietro la superficie, ben nascosti da sguardi indiscreti.

Si bagnò il viso con l'acqua, aprì l'armadietto di fianco al lavandino e prese il tubetto della schiuma da barba. Se la applicò sul volto lentamente. Sentiva sotto i polpastrelli la ruvidezza della sua pelle.

Agguantò, con un inedito movimento stizzoso, il rasoio dalla mensola dove era appoggiata anche la piccola coccinella di porcellana dall'aria vecchia.

Si rasò con cura.

Nudo, flaccido, grasso e pallido, come si vedeva ogni giorno, entrò nella vasca.

Un torpore beneficò lo pervase. Chiuse gli occhi. Nella sua testa fluttuavano immagini scomposte di Scarlett associate a esercizi di diteggiatura per pianoforte che quando eseguiva, all'Accademia, gli provocavano un immenso piacere, la totale consapevolezza di padroneggiare una forma privata di autocontrollo.

Sua madre entrò senza bussare. Si accorse di lei per un leggero accenno di tosse. Il segnale convenuto e utilizzato da molti anni per esprimergli il suo dispiacere per invadergli la sua intimità, ma al contempo una scelta obbligatoria di vicinanza e di condivisione di qualcosa di molto familiare.

Nello aprì gli occhi. Sua madre gli sorrise. Aveva tra le mani un asciugamano pulito:

– L'acqua è abbastanza calda?

– Sì.

– Ti ho portato un asciugamano.

– Grazie.

La donna prese uno sgabello di plastica collocato sotto il lavandino e si sedette di fianco alla vasca. Senza proferire parola prese la spugna dal bordo e la immerse nella superficie liquida.

Il rito. La condivisione. Il regalo...

La spugna toccò la schiena di Nello e lui ebbe un brivido. Si chiese se l'intenso profumo di Scarlett si sentisse ancora sulla sua pelle. Abbassò gli occhi e aspettò la sentenza.

– Lo sai? Facevo così anche con tuo padre, tutti i giorni. Mi sedevo qui e gli lavavo la schiena. Ora sei tu l'uomo di casa...

Era vero, lo faceva anche con suo padre, Nello se lo ricordava bene. Qualche volta aveva intravvisto la schiena nuda di quell'uomo grande e grosso, così simile a lui, e la piccola mano di sua madre che sfregava tenendo la spugna ruvida tra le dita... e poi era toccato a lui. Da sempre, da quando poteva ricordare. Era un atto dovuto di espiazione dei peccati, di cancellazione delle colpe che il mondo gettava addosso alle persone, anche alle più rette.

Nello lasciò che la spugna gli strofinasse via le tracce di ciò che non avrebbe dovuto fare. Rimase inerme, ma con rammarico, mentre la madre sfregava.

Teneva gli occhi bassi, sull'acqua ormai torbida.

Vicino al suo orecchio il fiato corto di sua madre, sempre pronta a plasmarlo in qualcosa di puro, di autentico.

– Adesso sei pronto. Puoi uscire da lì.

– Grazie. – Si levò in piedi e lei, prontamente, gli avvolse il corpo nell'asciugamano che odorava di lavanda.

– Vatti a vestire, ora. Ti aspetto in cucina.

– Sì. – La guardò dondolare i fianchi cadenti e allontanarsi con il cardigan stretto addosso. Ancora una volta gli venne in mente l'analogia con il tamburo di una banda musicale, uno strumento familiare, che dalla sua infanzia associava a qualcosa di integro, adatto a far sorridere i bambini.

9

Parcheggiò la Ford Ikon nel minuscolo posteggio deserto davanti alla chiesa.

Di fronte, il piazzale che affacciava sul Gurdwara Sri Guru Singh Sabha, il tempio Sikh, era stipato di macchine e decine di fedeli, gli uomini con il turbante e le donne con *sari* colorati, formavano capannelli chiassosi.

Nello guardò sua madre, la giacca e la gonna nera e, ai piedi, pesanti scarpe di cuoio con il tacco basso, che sussurrava una preghiera avviandosi verso l'entrata. L'ombra della croce d'acciaio sul tetto cadeva sul selciato crepato, disegnando una scheletrica e grottesca interpretazione della insignificante comunità cattolica di Southall.

L'interno era altrettanto anonimo: un altare di legno d'abete, cinque file di panche divise da uno stretto corridoio, diverse litografie di santi appese ai muri bianchi, un confessionale squadrato, simile a una cabina di un seggio elettorale, collocato nell'angolo destro, vicino alla porta d'entrata.

Nella parrocchia erano presenti una ventina di fedeli,

perlopiù anziani. Giù seduti e in attesa della funzione.

Nello vide sua madre avvicinarsi a una donna con una capigliatura disordinata, i capelli bianchi tinti color mogano e il trucco come fosse terra mal cotta. Indossava un *blazer* blu aperto su una camicetta bianca, una gonna nera lunga fino ai piedi e scarpe simili a quelle di sua madre. Era la signora Sterling e prima che fosse costretto a scambiare due chiacchiere con lei e con sua figlia Casey, che era senz'altro nei paraggi, Nello si diresse al confessionale, tirò la tenda e aspettò la voce che conosceva da quando era piccolo, il timbro roco di Padre Flanaghan, il suo alito caldo dal sapore di medicinali e mentine.

Sapeva che il vecchio prete era oltre la griglia. Era sua abitudine confessare i fedeli prima della messa domenicale:

– Buongiorno. – L'attesa era durata poco. – Sei qui per confessarti?

– Io... io non so...

– Ognuno di noi può e deve chiedere perdono a Dio in ogni momento, in particolare subito dopo ogni peccato e prima di addormentarsi la sera, come pure all'inizio della celebrazione della Santa Messa...

Cosa avrebbe potuto dirgli Nello? Erano anni che sfogava sul vecchio uomo di chiesa quello che faceva per conto di Mister Nanak e ciò che ne ricavava erano sempre un'assoluzione e l'invito a pregare incessantemente. Bastava che aspettasse a ricevere la comunione e si confessasse subito dopo aver commesso un peccato e otteneva il perdono di Dio, evitando di finire all'inferno in caso di morte prematura.

Era facile, in fondo, però adesso... tutti i peccati sono causa della sofferenza di Cristo, ma solo alcuni sono mortali per l'animo cristiano. "Quello che è male ai tuoi occhi, io l'ho fatto" recitava un salmo che i suoi genitori l'avevano obbligato a imparare a memoria con la raccomandazione a ricordarselo sempre. Purtroppo la vita, che se lo ricordasse o meno, non gli aveva dato altra scelta che accecare non solo il Messia, ma anche le persone che gli volevano bene e lo proteggevano... ma non era neanche quello il punto. Il punto focale era che avrebbe dovuto parlare a Padre Flanaghan di Scarlett, del suo desiderio di andare oltre ogni barriera. Di cercare la bomboletta dell'ossigeno lontano dalla via che gli era stata suggerita.

E così gli disse cose di poco conto. Infrazioni stradali, il rifiuto volontario di non aiutare sua madre e portare la spesa in casa, l'aver desiderato tutti i soldi contenuti nel portafogli di un cliente vestito in modo costoso e ricercato. Qualcosa doveva rivelare: chi dice di essere senza peccato è un bugiardo o è un cieco, inganna se stesso e la verità che è in lui.

Evitò di parlare dell'ultimo incarico, il lavaggio interni e sgrassante esterni con i rulli che era valso tre importanti punti verso la liberazione dal debito. Non aveva senso.

Nello si asciugò il sudore che gli colava dalla fronte con il palmo della mano.

Padre Flanaghan insaporì l'aria rappresa del confessionale con il suo alito di medicinali e mentine:

– Io ti assolvo dai tuoi peccati nel nome del Padre, del Figlio e dello Spirito Santo...

Nello se ne andò ringraziando il Signore del dono sacramentale ricevuto, e rinnovò il proprio impegno di conversione di vita. Lo fece con voce piatta, poco partecipata.

Andò a sedersi sulla prima panca, di fianco a sua madre.

Padre Flanaghan, quasi evanescente dentro il suo abito talare, percorse lo stretto corridoio e prese posizione dietro l'altare.

Nello si sentiva osservato. Si voltò e vide, sedute dietro di lui, la signora Sterling con sua figlia. Casey aveva circa la sua età, forse qualche anno di meno. Non era truccata e portava i capelli corti. Composta e remissiva, i suoi occhi sembravano due aculei inchiodati sul fondo di una lastra. Con il maglioncino di cotone bordeaux, la gonna scozzese, i collant neri e gli stivaletti col tacco sembrava un'attricetta da film popolari caduta in rovina.

Nello sorrise timidamente. Loro ricambiarono.

Padre Flanaghan parlò di quando Gesù decise di non condurre un paralitico alla piscina di Siloe, la sorgente della grazia dell'Antico Testamento, ma lo guarì per mezzo della propria potenza:

– Vuoi guarire? Che domanda sciocca! Certo che sì! Tutti noi vorremmo guarire e stare bene! Eppure... Gesù sa bene cosa significa, per quest'uomo, guarire dopo una vita di malattia, dopo decenni di vita da mendicante...

Nello abbassò il capo e giunse le mani. Cercava nel timbro vocale di quel vecchio prete un'illuminazione, un'idea che gli suggerisse una soluzione che molto probabilmente non esisteva.

– I malati, al tempo di Gesù, erano considerati dei maledetti da Dio, dei peccatori e, probabilmente, quest'uomo aveva finito col credere di essere condannato. Voler guarire significa, in questo caso, correre dei rischi enormi. Il rischio di passare per un impostore, ad esempio. Il rischio di dover imparare un lavoro e smetterla di dipendere dagli altri...

Nello alzò lo sguardo.

– Quanto ha ragione Gesù! Può accadere di non voler guarire, di restare bene dove stiamo, di non ammettere che, in fondo, stiamo bene come stiamo. Ne conosco tante di persone che dicono di non stare bene dove sono e che, pure, non muovono un dito per cambiare. Dio non ci salva senza la nostra collaborazione, non compie miracoli a basso costo: se davvero vogliamo cambiare dobbiamo avere il coraggio di osare, di andare oltre. Di crescere. Il paralitico guarirà, certo, e la sua vita cambierà. Chiediamo al Signore il coraggio della guarigione interiore!

Forse, allora, c'era una speranza se avesse agito con il cuore...

Alla fine della celebrazione fece la comunione e seguì sua madre fuori dalla chiesa.

La signora Sterling e Casey li aspettavano davanti alla Ford Ikon. Casey aveva un respiro affannoso, asmatico. Lei e Nello rimasero in silenzio mentre le due donne anziane decisero di prendere il tè tutti insieme nel pomeriggio.

– Venite voi a casa nostra, ci conto. Nello e io vi aspettiamo.

Sulla strada del ritorno sua madre continuò a elogiare le doti della signora Sterling, una delle poche inglesi, insieme a padre Flanaghan, a meritare tutto il suo rispetto in quel quartiere che stava sprofondando nella cattiva sorte:

– E Casey... che cara ragazza! Siete entrambi così timidi e riservati, ma sono sicura che se vi conosceste un po' meglio... – Nello non ebbe il coraggio di guardare in faccia sua madre, di smorzarle l'entusiasmo con la sua espressione contrita, assente.

La lasciò di fronte a casa, per darle modo di preparare il pranzo, e proseguì con la Ford Ikon lungo la strada.

10

Ravi era seduto al suo posto, stava sonnecchiando, chinato sulla scrivania, con la testa appoggiata sul braccio. Quando sentì Nello entrare sollevò il capo. I suoi occhi erano quelli di un uomo che avrebbe avuto bisogno di un lungo riposo. Arrossati, stanchi, rancorosi:

– Hai i soldi di Mister Nanak?

Nello gli allungò le banconote arrotolate e Ravi le contemplò qualche secondo prima di farle sparire nella tasca dei jeans:

– Fino all'ora di cena faccio lavorare Anoop e Parag. Tieni il telefono acceso dalle nove.

Nello annuì.

– Buon riposo – concluse Ravi accendendosi una sigaretta.

Davanti all'ufficio c'erano un paio di autisti, indiani di mezz'età, che aspettavano una chiamata. Nello li salutò con un cenno della mano, salì in macchina e mise in moto.

Fu un tragitto breve: il Car Wash Singh era ubicato nella zona centrale di Southall.

Mister Nanak, la barba ingrigita e il turbante blu, simbolo di libertà, era seduto nel suo gabbiotto claustrofobico a guardare un film bollywoodiano sullo schermo del suo *notebook*.

Il suo gatto estrasse gli artigli come segno di benvenuto e il cagnetto, un Fox Terrier strabico, zampettò fino a rifugiarsi sul grembo di Mister Nanak, dove si rimpicciolì dalla paura. Più che abbaiare strillava, e non si calmò neanche quando il suo padrone prese ad accarezzargli la collottola e a sfregargli il dorso.

– Buongiorno Nello, come sta tua madre?

– Bene, grazie.

– Al lavoro tutto ok?

– Sì.

Mister Nanak sorrise:

– Hai la stoffa di tuo padre, nella vostra famiglia siete autisti di razza...

Nello si era fissato sulla lingua del Fox Terrier che stava leccando il polso di Mister Nanak, nel punto esatto in cui era tatuato il Khanda. Scimitarre, pugnale e disco comparivano e scomparivano sotto la lingua del cane.

– Sei qui per lavare la macchina?

La voce di Mister Nanak fece sobbalzare Nello. Distolse lo sguardo dall'esibita adulazione canina per studiare il suo interlocutore. I soliti abiti eleganti, ma dozzinali, il collo che scompariva tra la camicia azzurra e la barba tracciata con cura. Solo quella lanugine ben curata era mutata negli anni. Adesso era grigia, senza più nessuna traccia del nero petrolio che l'aveva contraddistinta.

– Sì...

– Dovresti cambiarla, l'auto intendo.

– Sì.

– Presto non sarai più responsabile degli errori commessi da tuo padre e potrai mettere da parte qualcosa per acquistare una macchina adatta a un autista in gamba come te.

– La Ford Ikon mi piace.

– È vecchia e non mette in risalto il tuo stile.

– Sì...

– Smettila di dirmi "sì", ragazzo... vai dentro e lavala. Vishwas è da qualche parte nel parcheggio sul retro che sta pulendo gli interni di una Mercedes. Se hai bisogno chiamalo e fatti dare una mano.

– Grazie. – Nello estrasse dalla tasca della giacca il portafogli, lo aprì, prese una banconota e la allungò a Mister Nanak.

Lui fece un blando cenno con la mano:

– Riprendili, mi stai offendendo. Tu e tua madre fate parte di questa comunità, e io non voglio approfittare di voi e prendere ciò che non mi spetta. Il lavaggio è gratis. – Una cerimonia che si ripeteva tutte le domeniche, da anni. Una ritualità a cui Nello non poteva sottrarsi perché, nonostante l'apparente bontà di Mister Nanak, sapeva cosa c'era sotto. Eseguiva ordini per lui, e lo faceva per espiare la colpa di suo padre e per far vivere dignitosamente sua madre. Era la volontà di un disegno divino che né lui né nessun altro avrebbe potuto alterare.

Salutò e uscì dal gabbiotto, accompagnato dagli strilli del cane.

Posizionò la Ford Ikon sulla pedana e contemplò, rapito, le spazzole rotanti elettriche a rullo vorticare su se stesse in attesa della macchina per ripulirla dello smog della grande città.

Guardò l'auto scorrere tra i rulli. Osservò i getti d'acqua e i detergenti fuoriuscire dagli spruzzatori. Gravitò verso un altro mondo, istantanee di ricordi freschi, non sopiti, impossibili da accantonare. Scarlett con il capo reclinato a destra, gli occhi chiusi, la bocca socchiusa come se cercasse la luce con la lingua. Il corpo scosso con vigore, il collo teso. Le natiche che facevano rumore sbattendo contro il suo ventre. Le unghie serrate alla testiera del letto e il lungo spasmo che le aveva trasformato il corpo in un disegno irripetibile...

Il campanello della fine del lavaggio lo destò dai suoi pensieri.

Asciugare il veicolo, ora, spettava a lui. Un'attività che amava, lo rilassava.

Portò la macchina sul retro, dove vide Vishwas, il tuttofare di Mister Nanak, alle prese con una Mercedes nera. Piegato all'interno dell'abitacolo, stava raccogliendo pulviscoli invisibili con un aspirapolvere portatile.

Nello prese dal cruscotto un panno in microfibra e iniziò dal cofano.

L'asciugatura della macchina era un'altra delle ritualità costanti e immutabili della sua vita. Fin da quando era ancora un bambino ricordava le domeniche, in compagnia del padre, a bordo della V8 Zagato blu che questi usava anche al lavoro. Dopo la messa accompagnavano la madre a casa e, mentre lei preparava il pranzo, andavano al Car Wash Singh. Allora Mister Nanak era poco più di un ragazzo tracagnotto che aiutava lo zio, il primo proprietario dell'autolavaggio e della compagnia di minicab.

Nello si ritrovava nello stesso parcheggio sul retro, dove era ora, con in mano una pezza di daino a pulire i fanali della Zagato, mentre suo padre, grande, grosso e infaticabile, lavorava di fino su tettuccio, portiere e cofano.

Erano domeniche silenziose, nelle quali si assaporava un'intimità familiare statica ma felice. A quei tempi Nello pensava che il percorso della vita sarebbe stato immutabile, senza scossoni, senza dolore e sofferenza. Guardava suo padre ed era fiero della sua fisicità e del suo temperamento calmo.

Finì di strofinare il panno sulla carrozzeria ben tenuta della Ford Ikon. Era sudato e, in parte, svuotato dei suoi pensieri.

Salì a bordo e si diresse verso casa.

Anche qui la solita routine. Il piatto colmo di una spessa frittata composta degli avanzi della sera precedente, un'insalata di spinaci e lattuga, il bicchiere mai vuoto, le premure inesauribili di sua madre mentre in televisione scorrevano le immagini di un rally: nuvole di polvere e sterzate furibonde su strade accidentate di qualche paese desertico.

– Ora devi riposare, dopo vengono a trovarci la signora Sterling e Casey, e non voglio che pensino che tu sei un musone perché sei stanco...

Senza ribattere Nello andò in salotto, si levò le scarpe, si sedette sul divano di pelle e appoggiò i piedi sullo sgabello. Le fotografie dei monumenti di Roma appese alle pareti e le voci di bambini, fuori dalla finestra, che urlavano qualcosa in una lingua sconosciuta, gli fecero perdere la percezione con l'ambiente. Non era più una casa nel cuore di Southall, periferia estrema di Londra, ma una scatola dentro altre scatole in un mondo di fiabe per bambini, dove le culture, le razze e le storie si mischiavano le une alle altre, mettendo a nudo la semplicità della fantasia... Scarlett comparve quando chiuse gli occhi. Era di spalle, sotto di lui, l'essenza marina che gli arrivava alle narici ogni volta che affondava dentro il suo corpo...

Una mano calda lo strattonò dolcemente fino a quando non si svegliò completamente.

– Sono quasi le quattro... La signora Sterling e Casey arriveranno tra poco. – Sua madre era in piedi, il sorriso mesto. Gli indicò una camicia pulita e un maglione piegato di fianco a lui, sul divano. - Coraggio, vatti a cambiare.

- Sì...

Nella sua camera, seduto sul letto, osservato dai poster delle Ferrari, dai supereroi della Marvel e dalla Madonna Immacolata, si tolse gli abiti che aveva indossato in chiesa e mise quelli che gli aveva preparato sua madre. Odore di lavanda si sostituì a odore di lavanda. Una riconoscibile protezione materna per ogni occasione, con le invisibili sembianze di un'aurea olfattiva.

Quando suonarono il campanello fu lui a scendere le scale e ad andare ad aprire la porta.

Eccole lì, composte e sorridenti, l'espressione di chi ha paura di essere arrivato troppo presto a un appuntamento. La signora Sterling con i capelli arruffati tinti di mogano antico, una confezione della pasticceria Hummingbird tra le mani. Casey, le pupille come spilli fissati su un pannello di ghiaccio, le guance arrossate, e ancora il maglioncino bordeaux, la gonna scozzese che le lasciava scoperte le ginocchia e gli stivaletti neri. Davano l'impressione di una sconfitta inevitabile. Nello mostrò un sorriso imbarazzato.

- Salve Nello, spero che non siamo arrivate troppo presto. Venendo ci siamo fermate alla pasticceria e abbiamo comprato dei dolcetti secchi alle mandorle e dei mini *cupcakes*... ti piace la cioccolata? Casey l'adora, anche se dovrebbe mangiarne di meno... - La signora Sterling parlava a mitraglia e a lui non rimase altro che continuare ad annuire e a far loro cenno di accomodarsi.

In cucina fu tutto un tintinnare di tazze per il tè, pasticcini sistemati su piatti di ceramica delle grandi occasioni, colpetti di tosse.

Le donne anziane chiacchieravano del tempo, del quartiere, della messa, dell'età che avanzava, della fatica di essere vedove e di accudire case e figli troppo grandi.

Nello e Casey stavano in silenzio, seduti agli angoli opposti del tavolo. Donavano timidi sorrisi, annuivano, quasi all'unisono quando le due donne ponevano domande che includevano già una risposta pronta.

– Forse i ragazzi si stanno annoiando a sentirci parlare come due vecchie zitelle – disse la madre di Nello.

– Lo siamo, mia cara... – La signora Sterling proruppe in una risatina equina che si perse nel tintinnare del cucchiaino dentro la tazza.

– Nello, perché non mostri a Casey la tua collezione di dischi? Ti piace la musica, cara?

Casey annuì.

Nello, invece, era sbalordito dalla richiesta di sua madre. Non aveva più ascoltato musica, in quella casa, da quando era morto suo padre e aveva abbandonato l'Accademia, consapevole che era stata la decisione giusta per non farla soffrire. I dischi erano ordinati nella sua camera, tranne qualcuno, vicino al giradischi, rimasto lì dopo l'addio definitivo di una sua personale forma di casalingo piacere acustico.

– Coraggio, Nello, andate di là, voi due. La signora Sterling e io rimarremo qui a parlare di cose da...

– Vecchie zitelle – concluse quest'ultima, beneficiando i presenti di una delle sue contratte risate equine.

Nello e Casey si alzarono impacciati. Salirono le scale, lui davanti, lei dietro. Varcarono la soglia della camera e la porta si richiuse alle loro spalle, come in qualche film del brivido in bianco e nero.

Casey andò a sedersi sul letto. Nello pensò che tenesse le gambe un po' troppo aperte per una situazione così innaturale e formale. Prese il primo disco che trovò sullo scaffale:

– Ti piace Chopin?

– Non lo so... io non è che ascolto molta musica... – Aveva la stessa voce acuta di sua madre, e quegli occhi che sembravano essere stati applicati sul volto da un imbalsamatore. Non era una brutta ragazza, e non era nemmeno bella. La gonna scozzese tirata sulle gambe mostrava una porzione di coscia. Poteva essere un'occasione concreta per bilanciare il corso degli eventi, tornare sulla retta via. Riaffermare il giusto. Ma Nello capiva che qualcosa non andava, in lui. Le ore con Scarlett, la loro intimità, presero di nuovo a danzare nella sua mente.

Mise su una selezione dei *Notturni* e guardò i segni lasciati dai piedi del pianoforte sul pavimento. Mentre le note di Chopin si libravano nella stanza, e la sensazione di disagio nell'avere quella donna di fianco a lui senza sapere cosa dirle si gonfiava sempre più, ripensò ai giorni successivi alla morte di suo padre.

Aveva osservato i facchini trasportare fuori dalla casa il suo pianoforte e, completamente vinto, aveva fatto passare ancora qualche settimana prima di recarsi in Accademia per comunicare il suo definitivo ritiro.

Durante la pausa pranzo il professor Willis era entrato nell'aula dove lui stava raccogliendo le sue cose e gli aveva sussurrato all'orecchio di raggiungerlo nel suo ufficio.

Quando vi si era recato aveva compreso appieno che fosse un addio.

Il professor Willis gli aveva detto che sarebbe stato un vero peccato mollare l'Accademia. Mancava un solo semestre e avrebbe potuto conseguire la laurea che gli avrebbe permesso di candidarsi nelle più importanti orchestre del Paese, oltre a fornirgli le basi per una promettente carriera da insegnante nelle scuole private. Nello però, aveva percepito, anche se il tono del discorso era velato da una certa apprensione, che il professor Willis trapelava il desiderio e la speranza che lui rimanesse per via della grossa quota che ogni sei mesi i corsisti erano obbligati a pagare per frequentare l'istituto.

– Nelle condizioni attuali, forse non è il caso che io affronti gli esami finali di ammissione per la laurea.

A quelle parole il professor Willis aveva rizzato la schiena come percorso da un lungo brivido, per poi distogliere lo sguardo. Nello aveva continuato a fissarlo, e con un cenno del capo gli aveva fatto intuire che capiva perfettamente le sue ragioni, ma che ormai aveva deciso.

– E come pensi di procurarti da vivere?

– In qualche modo farò. – Il volto inespressivo di Nello aveva lasciato trapelare una certa aria di sconfitta. Sembrava incapace di aggiungere altro. Era sempre stato un tipo solitario e si era allontanato in silenzio.

– Mi piace...

Nello si destò dai suoi pensieri. Casey lo stava guardando con un'espressione timida e al contempo sofferta:

– Mi piace molto questa musica... – Gli prese la mano e se la portò nell'interno coscia.

I *Notturni* si alternavano, agli andamenti tranquilli ne succedevano di più mossi e agitati, come un mare calmo improvvisamente agitato. Sfumature di dolcezza e passione. Nello percepiva sui polpastrelli la pelle calda della coscia sotto il nylon della calza.

Nello pensò al mare.

Pensò a Scarlett.

Uscirono dalla stanza verso le cinque del pomeriggio. Casey si sistemò i capelli mentre lui spalancava la porta.

Sorrisi materni li accolsero in cucina.

C'era odore di caffè e di candeggina.

Nello guardò sua madre che seduta nel suo angolo

annuiva soddisfatta.

– Ci piacerebbe fermarci ancora un po', ma abbiamo tante cose da fare, a casa – disse la signora Sterling, alzandosi.

– Oh, anche noi... Nello deve andare a lavorare.

– Anche di domenica?

– È un lavoratore instancabile.

Nello e Casey si salutarono con un sorriso, a occhi bassi.

Le madri si promisero reciprocamente che si sarebbero riviste presto, tutti e quattro insieme.

11

Cenò in silenzio. Annuendo a sua madre ogni volta che lei, seduta nell'angolo, cercava una complicità a effetto su quanto accaduto nel pomeriggio: "Che brava ragazza, Casey...", "Vi guardavo vicini e pensavo che siete davvero una bella coppia...", "Spero ci saranno tante occasioni per vederci ancora con la signora Sterling e sua figlia...". Frasi sbocconcellate con un timbro di voce stranamente gaudente.

Ma lui continuava a mangiare, pennette con il sugo cacio e pepe, messo in frigo la sera precedente, e una fetta di caciotta fresca con del pane casereccio comprati, come tutti gli alimenti utilizzati in casa, al negozio della famiglia Schiattarella.

Masticava con gusto, guardando la televisione. La domenica non trasmettevano la sua telenovela preferita, sostituita da un programma di salute e benessere condotto da un ometto con gli occhiali e l'aria contrita.

Quando ebbe finito anche il caffè andò in bagno a lavarsi le mani. Sentiva la necessità di uscire al più presto e sperare che quella sera Scarlett avesse bisogno dei suoi servizi. Doveva avvolgere il filo della matassa per capire se quel nuovo vestito gli sarebbe stato bene o se lo avesse fatto sembrare goffo in modo inedito.

Entrò in cucina per prendere il thermos riempito di tè e salutare sua madre e vide la busta, sul tavolo.

La busta ocra che conosceva bene...

– È venuto prima uno dei ragazzi di Mister Nanak a portarla, mentre tu eri in camera... non volevo disturbarti – cercò di giustificarsi sua madre, le braccia conserte, l'espressione misericordiosa. – Hai passato un così bel pomeriggio con Casey che ho preferito aspettare un po'...

Nello rimase sorpreso di riceverne una a pochi giorni di distanza dall'ultimo servizio, anche se, effettivamente, non c'era mai stata una scadenza temporale fissa delle missive di Mister Nanak. A volte passavano mesi prima che gliene facesse recapitare una, a volte settimane, a volte, più raramente, giorni...

La prese in mano, raccolse anche il thermos e, uscendo, passò di fianco a sua madre che gli strinse dolcemente il polso. Si guardarono negli occhi e Nello lesse, in quelli di lei, un moto di liberazione. Doveva aver fatto i conti: mancava pochissimo all'estinzione del debito e poi avrebbero potuto vivere senza più pesi sulle spalle, incubi a occhi aperti, apprensioni. Sarebbero di nuovo stati una famiglia felice, con le proprie ritualità e, chissà, magari Casey avrebbe potuto prendere il posto del padre in quella casa troppo grande per loro due...

– Stai attento.

- Sì.

Prima di infilarsi la giacca, in corridoio, verificò se ci fossero messaggi di Scarlett sul cellulare, ma nulla.

Fece un salto all'ufficio della compagnia Speedy. Ravi gli comunicò che per il momento non aveva clienti per lui. Risalì in macchina e guidò a zonzo per il quartiere. Decise di tenere la radio spenta per sentire meglio lo squillo del telefono, nel caso Scarlett avesse inviato un SMS per dirgli dove fosse.

La chiamata arrivò mentre vagava nella terra di nessuno tra Southall e Slough, campi bui invasi di rifiuti e scheletri di macchine abbandonate, centri commerciali a illuminare l'orizzonte:

- Thomas Pickford. Ti aspetta tra trenta minuti davanti alla stazione di Acton Mine Line. Dice che non puoi sbagliare: è un ex giocatore di basket. Deve andare a Chalk Farm. Già accordato il prezzo: venticinque pounds. - Dietro la voce di Ravi, in sottofondo, si sentiva un telecronista dalla pronuncia smozzicata commentare la finale dell'Hockey Champions Trophy tra Inghilterra e India.

Nello guidò lungo Herbert Road, alla sua destra, nel cielo, le luci di posizione degli aerei che atterravano e decollavano dall'aeroporto di Heathrow.

All'altezza del West Middlesex Golf Club svoltò a nord e imboccò Greenford Road per poi girare a destra ed entrare nella A4000. Non c'era molto traffico e arrivò puntuale all'appuntamento.

Thomas Pickford era un bianco di quasi due metri, magro e con il volto pieno di lentiggini. Indossava una tuta nera e aveva uno zaino militare dietro le spalle. Nello lo aiutò a depositarlo nel bagagliaio.

Westway, Marylebone Flyover, Prince Albert Road, Regent's Park, Lisson Grove, Elsworthy Road... conosceva tutte le strade, tutte le scorciatoie... luci, persone, macchine, autobus, insegne...

Thomas Pickford scese davanti a un ristorante cubano, pagò la corsa e scomparve nel locale.

Nello guardò il cellulare, ancora nessuna traccia di Scarlett.

Vide un fast food dall'altra parte della strada. I tavolini esterni erano occupati da gruppi di ragazzi che mangiavano e scherzavano tra loro.

Uscì dall'abitacolo, chiuse la serratura della portiera e attraversò la via. La luce del neon si spandeva sui tavolini esterni. Il vento faceva impazzire le mosche, fischiava spropositi e trascinava tovaglioli unti ai piedi dei clienti.

Nello entrò. Un ragazzo dalla carnagione scura si dava da fare nell'angolo cottura: una piastra fumante di salcicce e una friggitrice nella quale sfrigolava il cestello colmo di patatine.

Prese una bottiglietta d'acqua dal frigorifero e mise una moneta sul bancone. Il ragazzo gli fece un cenno con il capo per confermargli che andava bene così, niente resto.

Nello uscì, svitò il tappo, bevette una lunga sorsata e tornò alla macchina.

Prima di risalire sfilò dalla tasca la busta color ocra e la aprì.

Guardò il retro: quattro righe verticali sbarrate da una orizzontale e, di fianco, il numero 5.

Rabbrividì, sapeva che quel codice aveva un unico significato: esecuzione.

Ricordò, improvvisamente, il primo omicidio che gli era stato commissionato. Lavorava per Mister Nanak da appena sei mesi, aveva svolto qualche intervento 2 e 3, niente di troppo impegnativo per un uomo della sua stazza, una volta resosi conto che anche lui, se messo alle strette, era perfettamente in grado di picchiare altri esseri umani, poi aveva aperto la busta contenente quel 5, l'indirizzo e la foto di un uomo anziano. E non aveva avuto altra scelta che recarsi da lui.

Nella zona si alternavano abitazioni private e piccole fabbriche, e la quasi totale assenza di attività commerciali la rendeva pressoché deserta. Tra l'altro molti cancelli d'ingresso dei complessi residenziali si affacciavano sulla grande arteria stradale e pochi inquilini usavano l'entrata sul retro, dove era comparso, dal buio, Nello. Aveva acquistato in un *charity shop* lungo la strada i guanti dei quali si sarebbe servito per non lasciare impronte digitali. Aveva dimenticato, per colpa dell'agitazione, di portarne un paio da casa.

Il cancello non era chiuso a chiave. Quando Nello lo

aveva aperto, si era levato un lieve fischio metallico, che gli aveva riecheggiato nel cuore come un'esplosione. D'istinto aveva gettato uno sguardo fugace intorno, ma non c'era nessuno. Lesto, si era intrufolato all'interno della proprietà e, con la schiena curva in avanti, si era avvicinato all'ingresso.

Aveva trovato una finestra con il telaio e le traverse in legno. Era stato facile forzare la vecchia serratura a scatto.

Aveva indugiato qualche secondo prima di scavalcare il cornicione. Nella sua mente si era affacciata, per la prima volta, una domanda: era giusto fare quello che stava facendo? No, non lo era, non poteva esserlo, ma non aveva alternative.

Si era tolto le scarpe e si era intrufolato in casa.

Alla fine di un lungo corridoio lo aveva trovato. Era seduto su una poltrona, nella sua camera da letto. Guardava uno sceneggiato in televisione. La bombola d'ossigeno accesa, la mascherina su naso e bocca.

Nello si era interrogato su chi avesse potuto commissionare quell'esecuzione. Forse il figlio, per alleggerirsi del peso di un padre malato ed ereditare al contempo il conto in banca. Forse qualche speculatore edilizio, per espropriare il terreno e costruirci condomini di lusso.

Aveva smesso di pensare. Non gli importava. Si era sfilato la cintura e l'aveva stretta intorno alla gola del vecchio che aveva spalancato gli occhi e gridato qualcosa. Nello non era riuscito a capire se si trattava di una parola di senso compiuto o di un semplice urlo ma, qualunque cosa fosse stata, c'era una sola strada da imboccare. Aveva stretto più forte e il vecchio aveva cercato di opporsi con tutte le sue forze, scuotendo violentemente la testa a destra e sinistra.

Nello aveva concentrato il suo sguardo su quel collo che sembrava così esile. Aveva chiamato a raccolta tutte le sue forze e, in preda alla foga, lacerò la pelle dell'uomo, facendo penetrare la cintura nella gola.

Un fremito aveva percorso l'intero corpo dell'anziano, che aveva curvato la schiena ed era caduto supino sul pavimento. Aveva cessato di muoversi poco dopo, paralizzato in una smorfia di terrore. Dalla ferita sgorgava sangue scuro. I pantaloni bianchi della vittima si macchiarono di secrezioni corporee.

Nello era rimasto immobile, incapace di credere di essere il carnefice. Eppure era evidente: quell'ammasso scomposto ai suoi piedi era un cadavere. Aveva scosso il capo, ancora incredulo. Un minuto, forse meno, tanto era bastato a far espiare l'ultimo respiro a quel vecchio.

Gli si era appannata la mente e gli ci erano voluti alcuni secondi per realizzare che doveva agire in fretta: aveva scattato la fotografia con il cellulare e l'aveva inviata. Pochi secondi ed era giunto il messaggio di conferma: "Ok. 5".

5... come adesso. Di nuovo quel 5. Il traguardo quasi raggiunto. L'importo esatto per estinguere il debito. Il riscatto della libertà.

Lesse l'indirizzo sotto codice e numero: Gilston Road, 72. Chelsea.

Il cuore prese a battergli all'impazzata. Si appoggiò alla fiancata della Ford Ikon.

Sbalordito, respirò a bocca aperta... no, non poteva essere...

Con mano tremante voltò la fotografia.

Scarlett guardava in camera. Aveva uno sguardo severo e quasi deluso, come se non avesse particolare fiducia del fotografo che aveva eseguito lo scatto.

12

Restò chiuso in macchina ad ascoltare Ludwig van Beethoven alla radio. *Sonata per pianoforte n. 24*, una dolcissima sonata che in passato lo aveva sempre pervaso da un senso di serenità, ma che ora non gli faceva nessun effetto.

Nella sua mente navigavano pensieri ovattati su un mare in burrasca, sordi a ogni distrazione esterna.

La sua vita era giunta a una svolta. Se avesse portato a termine l'incarico, il debito con Mister Nanak sarebbe stato onorato e, probabilmente, anche il ricordo di suo padre avrebbe assunto sembianze meno negative.

Se... se... se...

Sì, se avesse eseguito ciò che gli era stato ordinato di fare si sarebbe trasformato in un uomo libero, perché conosceva Mister Nanak, sapeva essere spietato, ma anche corretto. In fondo la colpa di tutto era stata di suo padre che aveva abbandonato il percorso retto per intraprendere la strada del gioco... era colpa di suo padre se aveva dovuto abbandonare gli studi, vendere il pianoforte, diventare quello che era diventato... suo padre, che lo portava a lavare la macchina e che per tanto tempo aveva visto come un'oasi di felicità nelle costrizioni della vita quotidiana.

Avrebbe potuto cambiare lavoro, una volta onorato il debito. Era consapevole, infatti, che la metà del guadagno giornaliero che versava, oltre alla quota sui proventi del negozio di sua madre, sarebbero stati di nuovo interamente loro una volta azzerato il conteggio... 185. 185. 185...

Nello si ripeté più volte quel numero in testa.

185: era quasi fatta. Dopo, avrebbe potuto fare realmente felice sua madre, assecondare le sue preghiere silenziose. Sposarsi con una brava ragazza e mettere su famiglia non era sbagliato, faceva parte delle tappe della vita. Casey avrebbe potuto trasferirsi da loro, e magari anche la signora Sterling, la casa era spaziosa e ci sarebbe stato posto per tutti. Con il lavoro avrebbe ricavato più denaro e non sarebbe più stato costretto a fare del male a nessuno... fare del male: ecco l'ultimo ostacolo. Quattro barrette verticali e una a tagliarle in orizzontale. Esecuzione, l'esecuzione di Scarlett, la sua boccata di ossigeno, il suo specchio distorto ma autentico, capace di svelare anche a se stesso il suo vero io, nonostante la sua patologica e bislacca volontà di negare ogni cosa.

Accese il motore e partì in direzione di Chelsea.

Iniziò a piovere abbondantemente.

Si fermò due volte durante il tragitto. Scendeva

dall'auto, cercando sollievo e respirando a fondo, lasciandosi bagnare dalla pioggia, poggiando le braccia sul tettuccio della Ford, guardando l'asfalto per terra. Fletteva le ginocchia, piegava la testa all'indietro catturando le gocce d'acqua che gli cadevano sul viso, respirava a fondo, inspirava, saliva di nuovo in macchina.

Ascoltò la radio mentre si avvicinava. Beethoven, Beethoven e ancora Beethoven... "Bisogna sempre perseguire i propri sogni" ed essenza marina...

Ogni tanto una fitta al petto. Ebbe paura di muoversi sul sedile, tanto quanto di non trovare più un filo per la storia che era stato obbligato a condurre per le colpe di suo padre e della sua conseguente arrendevolezza.

Aveva visto tante volte le strade di Londra bagnate dalla pioggia. Aveva visto tante curve, tanti rettilinei, troppe persone che cercavano riparo in un bar aperto tutta la notte o in un androne deserto.

La sua città sotto la pioggia. La fitta che gli bloccava i movimenti del petto, dai muscoli della schiena fino all'altezza dello stomaco mentre attraversava quell'intricata rete di strade e piazze, di canaletti di scolo sporchi, di discariche e di uffici, di take away e di ristoranti, di case illuminate da lampioni arancioni e di *squats* bui.

Accostò, ancora, sul bordo della via. Scese, rifece i movimenti, gli esercizi, inspirò a lungo. Aprì lo sportello posteriore e si sedette sui sedili di dietro, con i piedi sotto la pioggia.

Passavano, in senso contrario, rari autobus e furgoncini delle consegne notturne. Un pulviscolo d'acqua sporca e olio gli si librò in fronte.

Presto le strade si sarebbero animate e le persone avrebbero ripreso a correre da una parte all'altra della metropoli, tra il lavoro e la frenesia quotidiana dell'andare.

Accese il motore. Riprese il cammino.

Beethoven, Beethoven e ancora Beethoven... composizioni dilatate, drammi di sentimenti umani per uso e consumo dei posteri... il professor Willis con la faccia contrita perché lui non sarebbe più riuscito a pagare la retta dell'Accademia. I facchini che fischiettavano un motivetto da hit parade trasportando fuori dal salotto il pianoforte. Sua madre che si faceva il segno della croce e faceva ciondolare il crocifisso d'oro che portava al collo... Mister Nanak, il turbante blu della libertà, la sua voce da santone imbonitore, l'impercettibile tic alla mano, il Khanda tatuato... scimitarre, pugnali, BMW colorate di tinte aggressive per fare colpo sulle donne... Casey con le gambe troppo aperte per un semplice tè del pomeriggio e quegli occhi di vetro pronti ad accettare ogni cosa, assoluzioni e tormenti... Beethoven, Beethoven e ancora Beethoven... elegante, raffinato, vigoroso, irruento, proprio come era stato lui, lui che, timido, riservato, introverso aveva trovato nella musica, in modo analogo al Genio, la strada per esistere... e suo padre, suo padre che aveva rovinato tutto. Tutto.

Residence Mayfair. Gilston Road, 72. Chelsea.

Nello spense il motore e guardò la palazzina bianca circondata dagli alberi e protetta dal cancello di ferro battuto.

Doveva scegliere tra l'illusione di un mondo migliore e la concretezza del riappropriarsi di una quotidianità statica e banalmente serena.

Rimase a contemplare il residence come se si accingesse a scattare una foto, studiando le ombre, le sbiadite strisce di luce lunare che scendevano sul tetto, i rami degli alberi che circondavano il giardino ben curato.

Poi si incamminò lentamente. Respirò l'aria a pieni polmoni, mentre la pioggia gli infradiciava i capelli e i vestiti.

Forzò la porta dell'atrio con un semplice coltellino svizzero che teneva in tasca.

Salì le scale.

Bussò.

La musica era ancora nelle sue orecchie.

Scarlett aprì. Era struccata e senza parrucca. Il suo volto mascolino risaltava sotto i capelli tagliati a spazzola.

Abbassò gli occhi e vide il tirapugni ben stretto intorno alle dita di Nello.

13

Portò il cucchiaio colmo di zuppa di ceci alla bocca. Inghiottì rumorosamente e ripeté l'operazione.

– Stai attento a non scottarti... – Sua madre, avvolta nel cardigan, lo guardava con espressione serena.

Non le aveva detto nulla di quello che era successo la notte prima. Lei ipotizzava, immaginava. Rendeva grazia a Dio perché in cuor suo era convinta che le cose si stessero sistemando.

La telenovela era al suo culmine. Josè proteggeva con il corpo una stanca e febbricitante Nanà. Di fronte avevano Massimiliano, il *facendero* tradito, che puntava una pistola contro di loro. Si trovavano nel cuore di una pianura arida. Nessun soffio di vento. La resa dei conti. Il climax della storia era tutto lì: il bene contro il male, la speranza contro l'ottusità, la pietà contro il rancore.

Il campanello di casa suonò. Nello non distolse lo sguardo dallo schermo. Massimiliano aveva fatto due passi verso i fuggiaschi. L'arma salda in mano.

– Chi potrebbe essere all'ora di cena? – domandò sua madre alzandosi dal suo angolo. Uscì dalla stanza ciabattando e andò ad aprire.

Josè, con voce ferma, dichiarò: "Noi ci amiamo e tu non puoi fare nulla per impedirlo". Nello buttò giù altre due cucchiaiate di zuppa.

Sua madre rientrò in cucina, sul volto un'espressione persa.

Dopo qualche secondo comparvero sull'uscio Mister Nanak seguito da Amit e Bharat, le magliette nere aderenti sui corpi massicci.

– Ho aspettato fino adesso sperando di ricevere un tuo messaggio.

Nello non si curò di rispondere a Mister Nanak. I suoi occhi fissi sull'inquadratura che mostrava il braccio di Massimiliano che si abbassava, la pistola che cadeva a terra.

– Lo sai, ragazzo: io ci tengo alla comunità, ma non mi va che qualcuno di essa mi prenda in giro. Ci sono delle gerarchie da rispettare.

– Nello... – La voce di sua madre, quasi un sussurro, vocali e consonanti spezzate in gola, volontariamente incapace di comprendere quello che stava succedendo.

Lui portò un'altra cucchiaiata di zuppa alla bocca. Massimiliano stava per buttarsi in ginocchio, disperato. José e Nanà, sullo sfondo, si tenevano per mano.

Mister Nanak si avvicinò al televisore. Nello vide la mano su cui era tatuato il Khanda che spingeva il pulsante.

Davanti a lui, ora, uno schermo buio. Nel silenzio solo il respiro affannoso di sua madre.

– Adesso è meglio che vieni con noi – disse Mister Nanak.

Nello si pulì la bocca e si alzò.

Nelle orecchie gli risuonava lo sciabordio tranquillizzante delle onde che si infrangevano su una scogliera rocciosa:

– Sono pronto.

14

Amit e Bharat iniziarono con il programma numero 3: lavaggio interni e sgrassante esterni con i rulli.

Gli legarono le mani dietro la schiena prima di dargli qualche pugno in faccia e dei calci nel petto. Secondo Bharat era un esempio pratico delle mosse del *kalaripayat*.

Erano in un campo abbandonato nei pressi dell'aeroporto di Heathrow. A Mister Nanak quella parte della faccenda non interessava e se n'era andato a casa dopo aver dato disposizioni ai suoi uomini.

Uno. Due. Tre colpi. Il labbro inferiore scoppiò. Il sangue schizzò sulle *dog tag* militari che Amit portava appese al collo. Per reazione questi partì con un gancio violento allo stomaco.

La testa di Nello si mosse e trascinò in basso il resto del corpo.

Poi sentì anfibi neri che impattavano sul suo viso, sul suo collo, sulla sua schiena, sulle sue gambe, sui suoi fianchi. Aprì la bocca per respirare e mangiò terra e sangue.

Mani esperte con quel tipo di trattamento lo sollevarono e lo trascinarono fino al furgone con cui erano giunti lì. Lo gettarono nel retro e chiusero il portellone.

Dopo poco il veicolo si mosse.

Nello cercò una posizione che gli potesse dare qualche attimo di tregua da quella sofferenza fisica lancinante, ma fu inutile. Aveva il costato dolorante. Un occhio troppo gonfio per riuscire ad aprirlo. A ogni buca gli ammortizzatori del furgone amplificavano l'agonia. Sconfitto, lasciò che il suo corpo sanguinante rotolasse sul pavimento in attesa della destinazione finale per il programma numero 5: pulizia completa a mano.

Con i granelli di terra che bruciavano sulle labbra spaccate, cercò di non pensare a sua madre, alla musica, a Scarlett, ma quello che intravvide, lì al buio, fu una specie di pellicola dove lei, sull'uscio di casa, lo fissava con lo sguardo tra il rassegnato e il deluso.

Erano rimasti in silenzio qualche istante prima che lui avesse trovato il coraggio di dire qualcosa:

– Perché ti vogliono morta?

Lei si era voltata e aveva raggiunto il sofà.

Nello si era chiuso la porta alle spalle e l'aveva raggiunta. Era la prima volta che la vedeva vestita con una semplice e informale tuta casalinga.

– Ieri sera...

Lui si era seduto di fianco a lei, aveva rimesso il tirapugni in tasca e aveva aspettato.

– Ieri sera, prima che mi venissi a prendere al bar

dell'Hotel Novikov ero con un cliente e un'altra ragazza del mio giro in una suite del Berkeley. Quando sono arrivata loro erano già nella stanza... ho capito subito che c'era qualcosa che non andava... - La sua voce ermafrodita assumeva tonalità sempre più basse e gutturali mentre si confessava, dando alle sue parole una veridicità ancora più autentica. - La ragazza era nuda, sul letto, semicosciente... molto pallida. Sul tavolino c'era un piatto pieno di cocaina, una montagna di polvere bianca... il cliente era agitato, andava avanti e indietro borbottando frasi sconnesse. Simon Perry, ti dice qualcosa?

Nello aveva scosso il capo.

- È il figlio di David Perry, un ricco e noto politico conservatore... nemmeno io avevo associato l'uomo che avevo davanti con il rampollo di casa Perry... - Scarlett si era asciugata una lacrima e fatto un leggero sbuffo con la bocca socchiusa. Tremava, come la sera precedente.

- Continua.

- Mi sono avvicinata alla ragazza e mi sono accorta che aveva la bava alla bocca e che il suo colorito era cadaverico... quando mi sono chinata su di lei per capire se stesse ancora respirando, Simon mi ha spinto la faccia sul cuscino. "Adesso io e te ce ne andiamo, poi ti pago e facciamo finta che non hai visto niente... se mio padre lo scopre sono fottuto... fottuto...". Parlava a scatti, era completamente fuori controllo. "Mio padre mi rovinerà, hai capito?". Solo in quel momento ho realizzato di aver già visto nelle fotografie sui tabloid e in televisione Simon in compagnia di David Perry e ho capito... lui continuava a premermi la testa contro il cuscino. Fortunatamente la droga lo aveva reso instabile. Sono riuscita a districarmi dalla sua morsa, mi sono alzata e l'ho colpito nelle palle con un calcio. Mentre lui era a terra a contorcersi dal dolore sono scappata. Ho chiamato la polizia da una cabina telefonica, in strada, e mi sono rifugiata al bar del Novikov, dove sei arrivato tu...

- La polizia è intervenuta?

- Non ho guardato la televisione e non ho comprato il giornale, ma presumo che se ti hanno mandato qui siano riusciti a insabbiare la faccenda. Sono l'unica testimone. Non lo so che fine abbia fatto quella ragazza...

Lui aveva annuito, senza sapere cosa dire.

- Chi ti ha mandato? David Perry per ripulire la coscienza del figlio e non rovinarsi la carriera?

- Non lo so. Non conosco il mandante.

- Pensavo fossi un autista di minicab che un tempo suonava il pianoforte.

- È molto più complesso di come credi... mi dispiace di questa coincidenza... mi dispiace di essere qui per questo...

Scarlett lo aveva guardato con gli occhi colmi di lacrime:

- Te lo ripeto: la mia paura più grande deriva dall'essere consapevole che negli uomini alberga una cattiveria atavica... ma non credevo che tu...

Il furgone si fermò e Nello sbatté la testa contro l'interno freddo della fiancata.

Il portellone si aprì. Amit e Bharat lo presero di forza e lo tirarono fuori. Cadde su una montagnola di rifiuti. Un odore acre e pestilenziale invadeva l'aria. La luna illuminava dei topi che correvano sul ciglio di un ammasso piramidale di sacchi dell'immondizia strappati.

– Ti piace come tuo ultimo ricovero? – chiese Amit con un ghigno. – Sai, questo è un posto tranquillo. Starai in pace...

– Per sempre – aggiunse Bharat.

Nello sentì le loro risate. Con l'unico occhio aperto vide pannolini sporchi, bottiglie del latte, bucce di banana putrescenti, una scatola di piselli arrugginita. Qualcosa passò di fianco alla sua gamba destra.

Era tutto finito. Cosa avrebbe fatto, ora, sua madre?

Un rumore metallico gli fece alzare lo sguardo.

Amit e Bharat gli tenevano puntate contro le pistole.

– Sei pronto?

Non avrebbe saputo dire chi dei due avesse fatto la domanda, ma ormai non importava più nulla. L'unica cosa che avrebbe voluto era di sentire ancora una volta l'aroma di essenza marina e il rumore tranquillizzante delle onde infrante contro la scogliera. Gli spruzzi d'acqua e Scarlett al suo fianco, come la notte precedente.

Dopo averla ascoltata le aveva detto di cambiarsi, di preparare una valigia, di prendere il passaporto e tutti i soldi che aveva in casa.

Scarlett era andata in camera da letto, mentre lui guardava la pioggia cadere sulle foglie degli alberi del giardino.

Era tornata nel salone dopo dieci minuti. Indossava una giacca a vento blu, un paio di jeans e delle scarpe da tennis. Sulle esili spalle uno zaino sportivo rosso. Non era truccata e non si era messa il caschetto nero.

– Immagino che tu mi voglia dare una mano e che sia meglio io sembri un... un ragazzo...

Nello aveva annuito. Senza proferire parola erano scesi lungo le scale.

Avevano attraversato di corsa il giardino e raggiunto la Ford Ikon.

Nello le aveva aperto lo sportello posteriore invitandola a tenersi bassa. Lei aveva ubbidito. Prima che lui richiudesse aveva soltanto detto:

– Hai visto? Sta piovendo...

La macchina era partita. Le strade erano deserte. Una notte londinese come tante...

A Chelsea Embankment Nello aveva acceso la radio. Il DJ era entrato inconsapevolmente in sinergia: *Sonata a Kreutzer*, del Genio, ancora lui, scandalosamente incomprensibile a molti, perfetto per quella fuga.

Avevano costeggiato il Kia Oval, tagliato Camberwell e Peckham. New Cross Road era diventata Blac-

kheath Hill. Dopo Dartford gli agglomerati popolari
erano diminuiti. Scorci di campagna e di distretti industriali. Quando erano usciti definitivamente dalla città a
Chatham, alla foce del Medway, Nello aveva detto a
Scarlett che poteva alzarsi. L'aveva guardata nello specchietto retrovisore. Il viso appoggiato al finestrino a
contemplare la pioggia.

Erano arrivati a Dover due ore dopo.

Nel cielo nero macchie di luce lunare si facevano
spazio fino a illuminare le onde che si infrangevano sulla scogliera sotto di loro.

Aveva smesso di piovere. Un'aria fredda trasportava
brezza marina. Loro erano seduti sul cofano della Ford.
Sulla sinistra, in basso, a qualche chilometro di distanza, s'intravedeva l'approdo dei ferry boat che partivano
continuamente per Calais, in Francia, dall'altra parte
dello stretto.

– Abitavi qui?

Scarlett gli teneva la mano e guardava il mare:

– Qui vicino, sì. La casa dei miei genitori è laggiù, al
vecchio porto.

– Ti mancano?

– Molto. Ma sono sicura che prima o poi le cose si si-
stemeranno e potrò tornare... e loro capiranno le mie
scelte. La mia vita.

Non c'era molto da dire, ancora. Il cielo nero era
esploso nei mille colori lisergici dell'alba. Il fragore delle onde che si infrangevano donavano al corpo e allo

spirito una quiete assoluta. Un limbo sospeso di spensieratezza, felicità, benessere. Un limbo naturale, autentico, fortificato contro il percorso retto e le volontà imposte da altri.

Scarlett aveva appoggiato la testa sulla spalla di Nello e lui aveva inspirato ancora una volta quell'essenza marina che quel gracile corpo emanava.

– Perché hanno mandato te?

– Ci sono tante cose della mia vita che tu non sai...

– Potresti raccontarmele. Parti con me... – Glielo aveva detto senza guardarlo. Immobile, avvinghiata a lui. L'aurora che era un trionfo di tinte infuocate. Un inno cromatico alla sopravvivenza.

Nello non aveva risposto. Si era alzato e aveva aperto la portiera della Ford.

Dopo qualche minuto anche Scarlett era entrata in macchina ed erano ripartiti.

L'aveva lasciata davanti all'entrata degli imbarchi.

Lei l'aveva baciato teneramente sulle labbra, trattenendo le lacrime. Poi aveva fatto di corsa i pochi passi fino alla porta a vetri che conduceva alla biglietteria.

Nello, rimasto solo, aveva strappato l'icona di Santa Cecilia dal cruscotto ed era tornato a Southall, da sua madre.

Per tutto il viaggio la radio era rimasta spenta.

Ringraziamenti

L'idea per scrivere la storia di Nello è nata molto tempo fa, quando lavoravo allo smistamento bagagli dell'aeroporto di Heathrow e vivevo in una stanza a Southall. All'epoca presi appunti in un bloc-notes che ho portato con me nei miei successivi spostamenti in giro per il mondo.

Solamente l'anno scorso ho riguardato quello che avevo scritto e ho deciso di dargli una forma compiuta. Il risultato finale è il romanzo che avete appena terminato di leggere.

Diverse sono le persone che devo ringraziare. Prima di tutto il mio editore e tutta la redazione di Koi Press. Sebbene io scriva e legga in italiano, non è la mia lingua madre, e senza un'accurata operazione di revisione e di editing *Soap* sarebbe risultato molto meno piacevole dal punto di vista stilistico, lessicale e grammaticale.

Mario ha pagato la mia parte d'affitto nei mesi in cui ho lasciato indietro il lavoro di traduzioni tecniche per dedicarmi al romanzo e gli sarò per sempre grato, così come lo sono nei confronti degli amici fraterni Lucio,

Jacopo e Sly che hanno letto, criticato e condiviso questa fatica letteraria.

Ringrazio Bilkis Saba, che oltre a essere una brava autrice è una ragazza generosa. Mi ha accolto a casa sua, a Londra, per quasi due mesi, per darmi modo di riprendere in mano, concretamente, la mia storia e rivedere i luoghi e le strade del romanzo. Inoltre mi ha dato consigli, e più volte ci siamo confrontati sullo sviluppo logico e sul climax di *Soap*. Le devo molto, nonostante non mi conoscesse ha deciso di venire incontro al nostro editore, che le aveva chiesto se poteva ospitarmi, sottraendo così tempo a *Feroci pulsioni*, il libro che stava scrivendo.

Ringrazio inoltre Suzy, Gautam, Ravi e Kalid che dividevano con me, una vita fa, l'appartamento nel cuore di Southall. Edison, Izzy, Jason e Kim, che laggiù, ad Austin, ci sono sempre. Hurshid, Tom, Dolly, Tariq, Carlos, Borquash, Anna, Reena e Paul per i folli momenti di vita vissuta insieme.

Oh, and I guess that I just don't know...

L.J.M.
Milano, 31 marzo 2017

www.ingramcontent.com/pod-product-compliance
Lightning Source LLC
LaVergne TN
LVHW090046180726
843489LV00002B/530